快 挙

白石一文

鉄筆文庫 011

鉄 筆

目次

快挙

「快挙」初出
２０１３年4月四六判刊（新潮社）
２０１５年11月新潮文庫刊
「特別寄稿」「あとがき」は鉄筆文庫のための書き下ろし

快挙

1　月島

あの頃は下町の路地裏をしょっちゅうほっつき歩いていた。

谷中のぼろアパート住まいだったので上野、浅草は縄張りのようなものだったし、隅田川をえんえん下って本所、両国、深川、木場あたりまで足をのばすこともしばしばだった。

父親がかつて実業団のマラソン選手でオリンピック寸前までいった人だったから、私も生まれつき足だけは強かった。

バイト暮らしで金がなかった。とにかくどこにでも歩いて行った。

あの日は、どういう風の吹き回しで月島に出かけたのか？

銀座で知り合いのカメラマンが個展をやっていて、それをぶらりとのぞいて、築地の場外で牛丼を食った。そのまま場外市場をグルグル回って写真を撮り、ふと勝鬨橋を渡ってみる気になった。

別にこれといった理由はなかったと思う。五月晴れの爽快な一日で、バイトは夜の仕事だったので昼間はいつもすることがなかった。

路地が好きでカメラ片手にあちこち巡っていたが、要はひまだったのだ。市井の暮らしを記録し、庶民の哀感をちょっとばかりユニークに切り取ってみせればプロとして通用すると思い込んでいた。いま考えるとはなから写真の才能などなかったのだろう。

浅草の外国人専用のホテルで夜中から早朝までのフロント係をやっていた。みすみと一緒になったあとも三年近くつづけた。私にすれば異例なほどに長持ちした仕事だった。

中退した大学が外国語専門で、あげく五年も通ったので、さすがに英語は身についていた。バブル経済にかげりが見え始めていたとはいえ、まだまだ日本は景気がよかった。英語を使ったバイトができれば一人口くらいは充分に養えた。ただ、私の場合は撮影機材やフィルム代でかなりの出費を強いられていたせいで暮らし自体はいつもかつかつだったが。

フィルムを費消すれば費消するだけ写真はうまくなると信じていた。

「写真は、批評性と審美眼の芸術だ」

と写真仲間に向かってうそぶいていた。

いまでこそ月島界隈にも高層マンションが建ち、対岸の豊洲も石播の工場が撤退してのち林立したマンションで一大団地となっているが、二十年余り前は高いビルといえば佃島に集中していた。リバーシティと呼ばれたその高層団地群は東京名所の一つに数えられ、休日は観光客が訪れたり隅田川や晴海の運河を行き交う遊覧船から人々がその威容を望んでため息をもらしたりしていた。

当時から月島といえばもんじゃ通りが有名で、清澄通りを二筋ばかり入った西仲通り商店街は夕暮れ時が近づけばたくさんの人々であふれたが、日中や、たとえ宵の口でもその西仲通りをさらに一筋、二筋外れると小さな一戸建てや長屋風のアパートがひしめき、一軒飲み屋の提灯が路傍にいきなりぶらさがっているようなひなびた街並みがつづいていた。

その日も私は、勝どき、月島と路地から路地へと伝い歩いた。

地下鉄の月島駅まで散策し、中古で買った愛用のライツミノルタＣＬで毎度のごとく何本もフィルムを使った。

写真を撮っているといつも時間を忘れた。そういう意味では本当に写真が好きだったのだろう。大学三年のときに名の通った写真の新人賞を受賞していっぱしの写真家気取りだったこともある。これで飯が食えるようになる、と半分くらい本気だった。

ゴールデンウィークも終わって日はすっかり長くなっていた。

みすみを見つけたのは何時くらいだったのだろう？　五時くらいだったか。それともう少し早かっただろうか。

人生で何よりも重大な出来事だったというのに、それが起きた正確な時間も定かではない。重大なのかどうか、そのときは判然としないのだから当然といえば当然の話だが、それにしてもと思う。人間は生きている間、たえず時間に縛られているのに、肝腎な時間に限ってちっとも憶えていない。誕生。大切な人との出会い。自らの死。どれ一つとして我々はちゃんと記憶することができない。

例外があるとすれば別離くらいか。

最も悲痛な時間だけがしっかりと記憶に焼きつくというのも、いかにも人生の皮肉を感じさせる話ではある。

まだ存分に外は明るかった。

月島駅にたどり着いたところで踵を返し、佃のマンション群を背にして勝どきまでの道を戻った。往路は隅田川寄りの道を選んだので帰りは朝潮運河寄りの路地を歩くことにした。区民センターを通り過ぎてしばらくすると民家と民家のあいだに小さな居酒屋があった。両隣同様しもたや風の一軒家で暖簾はしまわれていたが、小さな立て看板と軒先に吊るされた提灯で店だと知れた。看板には「小料理すま」と書かれている。

類似の店は界隈にいっぱいあったが、そうはいっても、その店のさりげなさは際立っていた。

私が店の外観をカメラにおさめ、通りの反対側から当時でもすでにして珍しいような木造の物干し場へとレンズを向けたその瞬間、二階のガラス窓が開いて女が一人出てきた。

それがみすみだった。

すらっとした人だなというのが第一印象だった。見上げる形だから背丈は正確につかめなかったが、それでもかなりの身長であるのは見て取れた。彼女は私には気づかないのか、しばし空を見上げ、それから洗濯物を干し始めた。ノースリーブの白いシャツに青い丈長のスカートがよく似合っていた。

あの日あの瞬間のみすみの姿を私ははっきりとはもう憶えていない。それから長々と彼女と暮らしたのだから、記憶は前後ごちゃまぜになり、各々の印象はみすみという人間まるごとの、いわば本質のようなものに吸い取られて曖昧模糊となる。

それでも、彼女の姿を一目見た瞬間にはっとしたのは鮮明に憶えている。

あのとき撮影したみすみの写真は大事に保管していた。ときどき取り出して眺めてもいた。数年後、ある事情があって他の写真やネガもろとも処分したが、振り返れば愚かなことをしでかしたと思う。まがりなりにも青春の相当な時間を写真に費やした。ものにはならなかったが、唯一財産のようなものが残ったとしたらみすみの姿を初めて焼き付けたあの一枚きりだったろうに。

私は洗濯物を干しているみすみを凝視した。細い顎の線。ノースリーブのシャツからのびたまっすぐで真っ白な腕。そして目鼻立ちのくっきりした面差し。

だが、それだけだったら声などかけなかっただろう。

私は彼女をじっと見つめているうちに次第に奇妙な息苦しさをおぼえ始めた。

ごく当たり前にタオルやハンカチ、ソックスなどをピンチハンガーに留めているだけなのに、そのたたずまいに何やら切羽詰まったものが見て取れた。ふつうは気づかないたぐいの小さな違和だろうが、私には彼女が身にまとう深い疲労と消耗の気配がはっきりと感じられた。

目が離せなくなって彼女を凝視しつづけた。人やものを凝視するのが子供の頃から得意だった。写真の新人賞を得た作品も、街中で人々が何か一点を見つめている姿を撮り溜めたもので、そもそもタイトルが『凝視』だったのだ。

人がいったい何に対して視線を集中させるのか。私はそれを子供の頃からよく知っていたし、人々の視線を観察するうちにさらに詳しくなった。

何よりも人が視線を鋭く一点に注ぐのは、ふいに大きな音が立ったときだ。目の前だろうと背後であろうと、耳を突き刺す異音が聞こえた刹那、人は音の方角に向かって瞬時に視線を研ぎ澄ます。もう一つは、当然ながら別の視線だった。人間であろうが動物であろうが、そして絵や写真であろうが、人間は自分以外の視線に遭遇したとき、その視線の先にある瞳を凝視する。

「あのお、写真一枚撮ってもいいですか」

私の呼びかけにみすみは最初反応しなかった。二階にいる自分に言われたとは思わなかったようだ。

「あのお、すみません」

細い通りを渡って店の前まで来て、私は首の角度を上げてもう一度言った。

「あなたの写真を撮りたいんです」

ようやくみすみは私に瞳を向けた。一瞬、私たちの視線がぴたりと重なるのを感じた。カメラを振ってみせると、

「どうぞ。何枚でもいいですよ」

みすみは一度笑みを浮かべたが、しかし、あとは一切こちらを無視して洗濯物を干し終え、さっさと部屋の中に引っ込んでしまった。

愛想がいいのか悪いのか、よく分からない反応だった。

私は谷中のアパートに取って返して写真を焼くと、すぐに月島に戻った。その日はさいわい遅番で、ホテルには午後十一時までに入ればよかった。

暖簾がかかり提灯にはすでに明かりがともっていた。暖簾に記された店の文字は「須磨(すま)」だった。引き戸を引いて入り、

「こんにちは」

と言うと、

「あら、昼間はどうも」

みすみは笑顔になった。

カウンターだけの店で、先客が二人くらいいただろうか。

十時過ぎまで飲み、写真を入れた封筒を黙ってカウンターに置いて引きあげた。

もう一度店に行ったのはちょうど一週間経ってからだ。バイトが休みの日を選んで出かけた。

六時過ぎに着くとけっこうな混みぐあいだった。カウンターの隅に座ってビールを飲んだ。客はほとんどが近辺のおやじたちのようで、何かにつけてカウンターの中の彼女に話しかける。それにまたみすみは嬉しそうな表情で答え、たまに手の甲を口に寄せて楽しそうに笑う。年齢は私と同じくらいだろうと思った。だとすればずっと水商売で生きてきた人なのかもしれない。当時、私はまだ二十五になったばかりだった。「みっちゃん」と客たちから呼ばれていたので、美智子や美和子といった名前なのだろうと予想していた。

名前を知って、「どういう字なの?」と訊くと「ひらがなよ。父親は美しく澄むって付けたかったみたいだけど、中林っていう苗字だとひらがなの方が字画がいいんだって」と言った。それはこの晩、二人きりになってからのやりとりだ。

私は黙々と飲んだ。みすみは他の客の応対でいそがしそうで私には見向きもしないという態度だった。

ただ、ビール瓶が空になると見計らったように新しい瓶を出してくれた。そのうちビールではなく水割りのグラスを置くようになった。そうやって私が注文する前に酒が届き、つまみの皿も届いた。

最後の客が帰ったのは一時過ぎだったろうか。

みすみはさっさと暖簾をしまい込み、ふたたびカウンターの中へと戻った。

私が黙って水割りをすすっていると、

「やり方がずるいわ」

と言った。

だいぶ酔ってしまった私の顔を見て、

「男らしくないわ」

とつづけた。

「どう男らしくないんですか」

私はグラスを置いて彼女を見返す。

「男はもっと一本気じゃないと駄目よ」

みすみの言わんとするところは分からなくはなかった。ただ、バイトの休みを勘案すると今夜より先に顔を見せるのはむずかしかったのだ。黙って写真だけ置いて帰ったことを言っているのならば、それが私の作戦だから文句を言われてもどうしようもない。

「そうですか」

私は、財布から一枚きりの万札を抜くとカウンターに置いて立ち上がった。

「あら、どこ行くのよ」

みすみが慌(あわ)てたような声を出した。

「帰るんですよ」

「なんで」

「気に入られなかったんならさっさと諦(あきら)める。こう見えても一本気な男ですから」

私はそう言うと店を出た。タクシー代がなかったので、ここから谷中まで歩いて帰るしかなかった。終電の時間はとっくに過ぎている。

父に殴られているとき、ずっと父の目を見ていた。

追い詰められた人間の瞳はよく知っているつもりだった。見誤ったとは思わなかったが、ずるいと言われてしまっては退散するほかはない。

引き戸の開く気配は感じなかったから五十メートルほどは歩いていたのだろうか。背後からサンダルの音が追いかけてきた。振り返ると目の前にみすみがいた。申し訳なさそうな、ちょっと困ったような顔をしていた。

「ずっと待っていたのに、帰るのはもっとずるいわ」

と言った。

その晩から店の二階で彼女と一緒に暮らすようになった。

2　みすみ

「須磨」という店名は、みすみが神戸市須磨区の出身だったことに由来していた。

同棲を始めて四か月目に入った一九九二年（平成四年）八月、私たちは結婚した。七月が誕生日のみすみは二十七歳、四月生まれの私は二十五歳。

大学一年のときに父が脳溢血であっけなく死んだので、私の身内は母親と三つ違いの姉だけだった。彼女たちとは子供時分から折り合いが悪かったから、電話で簡単に報告したきりでみすみに引き合わせることもしなかった。

母と姉は父が建てた小金井の家で一緒に暮らしていた。大学に入って自立すると、その実家にはまったく寄りつかなくなった。父の通夜、葬儀のときに顔を出したのが最後だった。

「式も何にもやらないから」

と伝えると、

「そうね。そういうことはお金がかかるだけだものね」

母は言った。

みすみがどういう人かも、何歳かも、どんな仕事をしているかも、母は何一つ訊いてこなかった。祝福の手紙一本、お祝いの品一つ母からも姉からも送られては来なかった。

みすみの両親には籍を入れたあとで報告に出向いた。

新幹線で新神戸まで行き、市営地下鉄、山陽電車と乗り継いで須磨寺の駅で降りた。

九月の残暑が厳しい日だった。

みすみの実家は須磨寺前商店街にある「中林酒店」という酒屋で、父親の泰蔵が店を守っていた。実母の光恵は彼女が小学校三年のときに亡くなり、中学に入ってすぐに義母の幸子がやって来た。

「あとから知ったんだけど、幸子さんは父のかつての恋人だった人で、一度も結婚しないで父のことを思いつづけていたんだって。その話を聞いて、私、心底うんざ

りしたの。ああ、この人たちはおかあさんが死ぬのをずっと待ってたんだって

……」

そんな幸子と円満にやれるはずもなく、みすみは三年生の夏に高校を中退して東京に出てきたのだという。

三年後、二十一歳のときに最初の結婚をしている。相手は当時働いていた銀座のクラブの客だった。二十歳以上も歳の離れた男だったようだ。

「靴の輸入会社をやってて羽振りがよかったんだけど、その分金遣いも荒くて、あげく友達の保証人になったのが仇で会社がつぶれたの。その友達というのが六本木のバーのママさんで、彼女が経営する宝石店の保証人になったんだけど、雇われ店長の若い男がお店の商品を根こそぎ持ち逃げして、おまけにママさんまで失踪したのよ。私は二人は絶対グルだって思ってるけど、彼はそんなはずないって最後まで言い張ってた」

結婚生活は二年で破綻し、手切れ金代わりに譲り受けたのがこのお店なのだとみすみは言った。

「貰ったといったって土地も建物も全部借り物で、家賃がないってだけ。彼の方も億を超える借金が残ったし、二年足らずの結婚生活で、そのあいだもほとんど一緒

に暮らしてなんていなかった。私は、とりあえず食べていける算段がつけばよかったのよ」

須磨寺の実家には一晩泊まっただけだった。

義父母は店のある一階で暮らしていて、二階は誰も使っていなかった。私たちはかつてみすみが使っていたという部屋に布団を敷いて横になった。階下の物音が消え、商店街の人通りも絶えて電車の音もしなくなると、須磨海岸の波の音が遠く薄く聞こえてきた。

「これ、海の音?」

私が呟くと、みすみは腕の中で無言で頷いた。

そうやってしばらく波の音を耳にしているうちに私はどうしてもみすみを抱きたくなってきた。寝巻の裾を割って手を差し入れようとすると、

「ここだけはイヤ!」

みすみは激しく拒んだ。

意外な反応に私は思わず手を引っ込めて、

「ごめん」

と謝った。だが、内心では釈然としなかった。それまでみすみが誘いを断ったこ

とはなかったし、写真仲間の連中が我が家に泊まりに来た晩など、隣室で眠る彼らの存在を気にしながらの行為にみすみは普段以上の興奮を見せた。

みすみの身長は百七十弱で私とさほど変わらなかった。手足はすらりと長く痩せていた。乳房はこぶりだったが形よく、私はその乳房がとても気に入っていた。全体に体毛が薄く、肌がすべすべしていた。

そして何より、彼女の感度は抜群だった。

指でさんざんいき、舌で際限なくいき、挿入するとたびたび白目を剝いて意識を失くした。細切れに回数を稼ぐ女性は深く達するのは不得手だ、というのがそれまでの見解だったが、何度も何度も深くいきつづけられる人がいることをみすみに出会って初めて知った。

私は、みすみの身体に夢中になった。

須磨から戻ると谷中のアパートを引き払い、本格的に月島の家に転がり込んだ。大江戸線がまだなかったので月島から浅草まで三十分くらいかかった。

「谷中にくらべるとやっぱり遠いね」

一週間ほどバイトに通ったあと何気なく言うと、

「だったらやめちゃえば」

あっさり言われて、私は思わず彼女の顔を見た。

「やめてどうするの？」

大学に入ってからは学費も生活費も全額バイトで捻出してきたので、私は金のために働くことに何の違和も抵抗もなかった。

「写真家になればいいじゃない」

みすみは当たり前の顔をしている。

「写真で食べていけるようになるのなんて、それこそ百人に一人なんだよ」

「だけどヒックンは写真家になりたいんでしょう」

「それはそうだけど」

「だったらなればいいじゃない。男の人は、これになりたいって強く思っていれば絶対になれるのよ。あとは時間がかかるかどうかだけ。早く夢がかなう人もいれば、想像以上に時間がかかる人もいる。だけど、脱落するのは諦めた人だけだよ」

私は、そんなに単純な話じゃないだろうと思った。

みすみのそうした前向きな忠告は、おおかた、ホステス時代に彼女目当てに通い詰めた〝若手実業家〟たちや、そのうちの一人でもあった前夫からの受け売りに違いなかった。

「じゃあ、女の人はそうじゃないの？」

だが、私はみすみの過去には触れないようにしていた。それは男相手の商売をしていた女性と一緒になった者の最低限のルールだと思っていた。

「そうじゃないって？」

みすみは自分の言葉に疑問を挟まれるとしばしば怪訝な顔になった。

「みすみさん、男の人は、って言ったでしょう、いま」

結婚してしばらくのあいだ、私は「みすみさん」と呼んでいた。

「そっか」

ようやく合点がいったような顔になり、

「女の人は男次第ってところもあるし、子供も産まなくちゃいけないから、そう簡単でもないのよ。それに男と同じように夢を追いかけてたらせっかく女に生まれた甲斐がないじゃない。惚れた男の夢に乗っかるのが女の醍醐味だと私は思ってるからね」

そういうところはいまどき珍しいくらい彼女は古風な女だった。

「だけど、僕が写真ばっかり撮ってたらお金は出ていくばかりだし、僕たちの生活が成り立たなくなるよ。二人とも根っからのビンボーなんだし」

「そんなの平気だよ。贅沢さえしなきゃヒックン一人養うくらいわけないよ」

そう言ってみすみは自分の胸をぽんと叩いてみせたのだった。

3　弔い酒

私の名前は山裏俊彦だから、付き合った女性たちには決まって「とし君」とか「としちゃん」と呼ばれた。友人たちは苗字の山裏をとって「やまちゃん」とか「うらちゃん」、「裏男」などと呼んでいた。

それを聞いたみすみは、

「じゃあ、ヒックンね」

と言った。

俊彦の彦をとってひこくん、ひこくんは言いにくいからヒックンというわけだった。

以来、私はずっとヒックンのままだった。

結婚してからも写真の方はまったく駄目だった。新人賞をくれたカメラ雑誌が年に一度、歴代受賞者たちの新作を掲載してくれるのだが、大学四年、五年と私の作品はまったく評判にならず、受賞作の『凝視』の評価が高かっただけに、むしろ多くの関係者の失望を誘った。ことに五年のときに発表した『花』は惨憺たる出来で、私自身もそのことは重々承知していた。『花』の惨敗を受けて、私は何とか卒業だけはと念じていた大学を思い切って辞めることにした。退路を断ち、背水の陣で臨むべしと自らを鼓舞したつもりだったが、翌年提出した『むくろ』という連作は、とうとう掲載さえしてもらえなかった。

『むくろ』の掲載不可のあとは、それまでぽつぽつあったカメラ雑誌の注文もぷっつり来なくなり、正直なところ、写真家になる道はほとんど閉ざされたに等しかった。

みすみと出会ったのはそんな時期で、「写真家になればいいじゃない」という言葉を素直に受け入れる余裕などこれっぽっちもなかった。

深夜のフロント係のバイトをやりながら、それでも写真は撮りつづけた。

みすみは商売上手で、あんな辺鄙な場所の小料理屋にもかかわらず月の売り上げはそこそこで、二人の収入を合わせれば独りの頃よりは多少ましな暮らしができるようになった。

私はみすみと結婚して本当によかった。

心を許せる相手と一つ屋根の下で暮らすという経験がまずもって初めてだった。「家族」や「家庭」、「肉親」といった耳にするだけで虫唾(むしず)が走るような言葉も気にならなくなった。ドラマやＣＭで一家団欒(だんらん)のシーンを見てもチャンネルをかえることはなくなり、親子の情愛を描いた小説を読んでもさほど抵抗感をおぼえなくなった。

撮影に出かけない日は、ずっとみすみと一緒だった。二人で仕入れの買い物に行き、仕込みも手伝った。生来器用な方だったので、とりの下ごしらえや串打ちなどはあっという間にみすみよりうまくなった。

本当は撮影にもバイトにも出かけず、みすみと丸々一緒にいたかった。

どんな時間帯でも、店が始まる前であれば二階に誘って抱くことができた。身体がなじむにつれてみすみとの交情はしっとりと重く深いものに変わっていった。それは単に一過性の欲望を処理するというようなものではなくなり、そのようなまれなる感覚と出会えたのも結婚したおかげに違いなかった。

みすみは相変わらず、「いつでもバイトやめていいよ」と言っていた。私が撮影に身が入らない様子でもとやかく言うことは決してなかった。

結婚した年は、西武がヤクルトを破って三年連続の日本一となり、アメリカではビル・クリントンが現職のパパ・ブッシュを破って大統領職を手に入れた。みすみは西武ファンだったので、十月二十六日の日本シリーズ最終戦のチケットをなんとか手に入れて神宮球場に出かけた。この試合は西武のエース石井丈裕が完投し、みすみのお目当てだった潮崎哲也の投球を見ることはできなかったが、それでも大喜びだった。

「清原さんみたいないかにも野球選手っていう人はあんまり好きじゃないの。その点、潮崎君はちょっと違うもんね」

みすみはそう言っていた。

平穏な日々に小さなひびが入ったのは二年目の秋のことだった。

みすみが流産したのである。

一回目の結婚記念日から二か月ほど経った十月初旬の深夜、突然、猛烈な腹痛に襲われ、慌ててタクシーで近くの聖路加（せいるか）国際病院に駆け込んだ。

処置室に入ったみすみを部屋の外で待っていると、三十分以上も過ぎてから看護師が私を呼びに来た。診察室に招かれ、担当の医師から、

「残念でしたね」

と告げられた。妊娠自体を聞いていなかったのでただ驚くしかなかった。

「奥様も、今夜のことで初めてお知りになったようです。そういう場合、案外あとに引きずる方もいらっしゃいますので、どうか上手に励ましてあげてください」

中年の女医さんだったので、

「上手に励ますって、どうすればいいんでしょうか」

と訊いた。

「そうですね。『どうして気づかなかったの?』とか、『残念だったね』とかあまり言わないようにしてあげてください」

彼女は言った。

そのあと処置室のベッドに寝ているみすみのそばへ行った。眠っているようだったが、私が近づくと目を開けた。

「ごめんなさい」

目が合ったとたん、呟くように言った。

「みすみが謝るようなことじゃないだろ」

その頃にはさすがに「さん」は取れていた。

「どうして、私、赤ちゃんがお腹にいるって気づかなかったんだろう。知りもしないで平気でお客さんの返杯なんて受けちゃったりして……」

そこまで言うと、みすみの顔がいままで見たことのない形に歪んだ。

「赤ちゃんにどうやって謝ったらいいんだろう、私」

あとはただしくしく泣きつづけるだけだった。

「須磨」の客足がめっきり減ったのはこの流産のあとからだ。

私たちが結婚したちょうどその時期、東証の平均株価が六年ぶりに暴落し、一万四千円台になった。それから一年足らずのうちに景気はみるみる悪化していった。

そんな環境も客足減少の要因だったのだろうが、一番はみすみがすっかりやる気をなくしたことだった。彼女はあの晩以降、大好きだった酒を一切口にしなくなったし、常連客相手に馬鹿を言うこともほとんどなくなった。

私といるときはいつも通りに見えたが、一度、店を覗いてびっくりしたことがあった。

彼女は燗酒をつけながら何度もため息をつき、漬物を切りながら手を止めて空間に視線を泳がせ、おでんの皿につゆを注ぎ足さずに客に出し、ときどき床にしゃがみ込んで胸を押さえたりした。

　私は一週間ほどさらに彼女の様子を観察し、店のない日曜日に近所のうなぎ屋に連れて行ってじっくりと話をした。

「もう店はいいから、すこし休もうよ」

　二人口になって以来、わずかながらたくわえもできていたし、私がもう少しバイトを増やせばそこそこやっていけそうな気がした。店をたたむとなると大家から退去を迫られてしまうが、しばらくの休業ならば文句もないはずだった。そのあいだに貯金を殖やし、どこか住む場所を見つければいい。私はもう写真はあきらめようとひそかに決意していた。

　元手がかからず、フルタイムの仕事に就いた上でもやれることがあった。それならばちゃんとした就職先を探すことだってできる。

　その晩、初めてみすみに自分の考えを打ち明けた。

「小説に転向しようかと思ってるんだ」

　むろん読むのは趣味の域を超えるくらいに好きだったが、それまで小説なるものを書いたことは一度もなかった。

　店をいったん閉めることは案外あっさり了承したみすみが、この話には色をなした。

「ヒックン、夢をあきらめるの？」

「そうじゃない。写真家よりも小説家の方がいいような気がしてるんだ」

「どうして？　そんな話いままで一度だって聞いたことないよ」

私はあれこれとみすみを説得した。

写真の新人賞を受賞したとき選考委員の一人だった著名作家が、

〈この人の写真は理が勝ちすぎている。やがて作者は写真機を手離し、その空いた手に筆を握るような気がしてならない。〉

と選評に記していた。むろん彼は私の受賞に反対票を投じたのだったが、しかし、さすがに痛いところをつかれた気がした。

写真が伸び悩むにしたがって、この選評は、だんだんに私の意識の中で大きくなっていった。そして、その頃には、自分の写真を否定した人物の一言にむしろすがりつきたいような気にさえなっていたのだ。

「ヒックンの言ってること、なんか違うと思う」

みすみは納得しなかった。

「だけど、家族だってそのうち増えるかもしれないし、小さな子供を抱えてお店なんて無理だし、僕のいまの稼ぎだけじゃとてもやっていけない。景気も悪くなってきてるし、就職先を見つけるんだったら今が最後のチャンスだ。それにサラリーマンをやりながらできるとしたら小説だと思う。写真をつづけていたらバイト以上のことはとても無理だよ」

何かを断念しようと決めれば幾らでももっともらしい理由が見つかるものだと、私は喋（しゃべ）りながら痛感していた。実際、これまでも写真仲間の多くがそうやって正業に転じていった。

「私のせいってこと？　だったら……」

みすみはそこで言葉を止めた。だったらの先につづく一言を想像して、心の底がひんやりするのを感じた。

「だったら」

私がそれをそのまま引き取った。

いま考えてみれば、あのとき私たちは別離の最大の危機にあったのだと思う。私が自らの転向の言い訳にみすみの流産まで利用してしまったら、みすみは私を切り捨てただろう。

私は私の人生をみすみに賭（か）けている気でいたが、現実は一貫してその正反対だった。

「だったらこうしよう。とにかく年末年始はゆっくり身体を休めてほしい。その間に僕は頑張って小説を書いてみる。どこまで書けるか分からないけどやってみる。書き上がったらきみに読んでもらうよ。そして、これなら小説の方がいいってみすみが思ってくれたら、何も言わずに僕の言うことを聞いてくれ。店はやめて一刻も早くこの町を出るんだ」

その年はクリスマス・イブまでの営業ということにした。去年は暮れの三十日まで開けていたから六日も早い冬休み入りだったが、そうしようと勧めるとみすみはすぐに賛成した。もう限界が来ていることを彼女自身も内心では分かっていた。

イブは客はほとんど来なかった。最後の客が十一時過ぎに帰ったところで店を閉めた。夕方からは私もカウンターの中にいた。めずらしく着物に割烹着姿だったみすみが暖簾を下ろして戻ってくる。

「なんかその恰好、本当に小料理屋の若女将みたいだ。日本酒メーカーのモデルだったら即採用だね」

私は言った。

流産のあとみすみは少し痩せたが、一段と美しくなっていた。

うなぎ屋で話をしたときに半ば無理やり酒を解禁させていた。むろん最初はかた

くなに拒んだが、

「あの子の弔い酒だよ」

と言うとみすみは渋々ビールグラスを持ち上げた。

「献杯」

グラスをかかげると、なぜだか涙が出てきた。それまで一度だって泣いたことはなかったが、「あの子」と口に出したとたんにどうしようもなく悲しくなった。

みすみもビールをすすりながら泣いていた。

閉めた店のカウンターで二人で飲んだ。

明け方まで飲んで、カウンターの端に置いていた暖簾をみすみが畳んだ。

「また使うかもしれないから、大事にしまっておこうよ」

私が言うと、みすみは黙って首を振った。

4　S社の文学新人賞

クリスマスの晩から小説に取りかかった。

店のカウンターに中古で買ったワープロを据えて不眠不休で書きつづけた。小説を書くのがこんなに面白いとは思ってもみなかった。三が日も休まず、仮眠を取るときだけ二階に上がって、みすみに抱きしめてもらいながら短い眠りを眠った。

とりつかれたような私の姿に、みすみはやや啞然(あぜん)としていた。

「こんなヒックン、初めて見た」

と言うので、

「写真をやりはじめたときも、たぶんこんなだったと思うよ」

と言うと、

「ふーん」

みすみは分かったような分からないような顔をした。

十五日の成人の日に百枚ほどの作品を書き上げた。『快挙』というタイトルだった。さっそくプリントアウトしたものを渡すと、みすみはそれを持って外に出て行った。近所の喫茶店で読んでくるのだという。

三時間ほどして帰って来た。

「小説なんてほとんど読んだことないけど、これ、すごいと思う」

みすみは原稿の表紙をやさしく撫(な)でながらそう言ってくれた。

S社の文学新人賞の締切が一月末だったので、さっそくそれに応募した。

「須磨」を休業したことでみすみは次第に気力を取り戻していった。私は相変わらずフロント係のバイトをつづけながら空いた時間は執筆にあてた。みすみは節約上手だったので別のバイトとかけもちしなくても生活はどうにかやっていけた。

八月にみすみはふたたび妊娠した。今回は本人がすぐに気づいて、一緒に産婦人科に行った。

ちょうど五週目に入ったところだと告げられた。

客が来なくなって久しい一階の店で二人きりで祝杯をあげた。といってもみすみはさっそくジュースだったが。

「つわりがおさまったら引っ越しをしよう」

店をやめてすでに八か月が過ぎ、大家からは「もし、再開しないのであれば別の人に店舗を貸したい」という注文が入っていた。そうなれば、出入り口が一つしかないこの家に住みつづけるのはとても無理だった。

「あわてることないよ」

みすみは余裕綽々(しゃくしゃく)だった。

「あと一年くらいは平気で居座っていられるから」

この一軒家の持ち主は、みすみの別れた夫にひとかたならぬ借りがあるらしかった。

ただ、それはそれとして、そろそろきっちりけじめをつけたいと私は思っていた。

「赤ちゃんは新しい家で育てたいんだ」

そう言うと、

「そうね」

みすみも同意した。

九月に入ってすぐ、S社の佐伯さんという人から連絡が来た。投稿していた小説が新人賞の最終候補に残ったという知らせだった。にわかには信じられなかった。S社の新人賞は毎年千数百名が応募し、最終に残るのは数編だった。翌日、神楽坂にあるS社に佐伯さんを訪ねた。佐伯さんは四十がらみの、いかにも文芸誌の編集者という雰囲気の持ち主だった。受け取った名刺には〈デスク　佐伯憲一〉とあった。案の定、今回最終選考に残ったのは五本で、「編集部でも、この『快挙』はとりわけ評価が高かったんですよ。このまま受賞という本当の快挙まで突っ走ってくれるといいですね」と佐伯さんは言った。いろいろと話していると、『快挙』を誰よりも強く推してくれたのは佐伯さん本人のようだった。

何か所か改善すべき点や文章表現のミスを指摘され、

「手を入れたものを来週までに持って来てください。できればフロッピイだとありがたい。それをゲラにして、もう一度校正してもらって、そのゲラを候補作として選考委員の先生たちに回します」

と言われた。

一時間足らずの面談だったが、帰り道、私は夢見心地でどこをどう歩いて神楽坂の駅までたどり着いたのかまったくおぼえていなかった。

翌週フロッピイを持参し、週末には校閲済みのゲラが送られてきた。眺め終わるとみすみは活字になった自分の小説をみすみと二人で飽かず眺めた。神棚の上に必ずそれを戻すのだった。

「ヒックン、やっと運が向いてきたね」

彼女は何度もそう言った。

選考会は十月十三日木曜日午後四時からと決まっていた。

当日は佃島の住吉さんにお参りし、勝鬨橋を渡って築地まで行った。みすみのつわりは食べづわりで、それほど重くなかった。ふんぱつして場外の寿司屋で寿司を食べ、波除(なみよけ)神社にも詣(もう)でた。するとみすみが、「せっかくだから三越の屋上の出世地蔵尊にもお参りしようよ」と言い出し、結局、銀座三越に寄ってから家に戻った。

四時からは電話の前に陣取って、お互いほとんど口もきかずに待った。

電話が鳴ったのは六時ちょうど。落選だった。

「最後の二本まで残ったのですが、あと一歩で受賞には至りませんでした。詳しい選考経過をお伝えしたいので、今週中に一度お目にかからせて下さい。お宅の近くまで行かせてもらいますから」

がっかりはしたが、佐伯さんの落ち着いた低い声を聴いているうちに幾らか気持ちは立ち直ってきた。隣のみすみは私の受け答えで落選を知り、黙って天を仰いでいた。

受賞したのはニューヨーク在住の私と同世代の女性で、彼女はその受賞作で芥川賞候補となり、次の作品であっという間に芥川賞作家となった。

その日の夜のニュースで大江健三郎がノーベル文学賞を受賞したと知った。

「こういう人もいるんだよなあ……」

大江作品はほとんど未読だったが、遅い夕食をとりながらテレビに向かって呟くと、

「ヒックンだって、きっとそうなるよ」

みすみは私の目をしっかりと見つめて言った。

「今日はごめんな。期待にこたえられなくて」

私はようやく詫びを口にした。

誰よりも落胆しているのは自分ではなくて目の前のみすみなのだと、そのとき初めて気づいたのだ。

年も押し詰まった十二月の二十八日、みすみは流産した。

昼ごはんを食べ終えて私は一階のカウンターで小説を書いていた。佐伯さんから、

「新人賞のことはとりあえず忘れてもう少し長いもので勝負してみませんか。中林さんの犀利で緻密な文章は長いものの方がより力を発揮できるように思うんです」と勧められ、二百枚程度のものを書くことにしたのだ。

微々たる活動だったとはいえ、一度は本名の山裏俊彦で写真家としてデビューしていたので、私は作家として出直すために中林俊彦という筆名を使っていた。「中林」はみすみの旧姓である。

「ヒックン来てーー」

というものすごい絶叫で、何が起きたのか咄嗟に想像がついた。

二階のトイレのドアが開いて、みすみが洋式便器の前にうずくまっていた。股間を両手で押さえ、その手が真っ赤に濡れていた。

救急車を呼び、聖路加国際病院に搬送した。みすみは半狂乱状態だったが、病院に着く直前に意識を失った。

「どうしたんですか。気を失ったじゃないですか」

動転した私が救急隊員に詰め寄ると、

「出血性のショックです。一刻も早く輸血しなくては」

彼らも血相を変えていた。

みすみはそのまま処置室に運ばれ、私は廊下で待たされた。何人もの看護師と医師が処置室に飛び込んでいった。

あのときの恐怖はいまも忘れられない。

みすみが死んでしまう。

そう思うと喉(のど)が詰まって呼吸ができなくなった。こめかみから後頭部にかけて割れるような痛みに襲われた。

通りがかった看護師を呼び止め、処置室の中がどうなっているのか、女房の容態はどうなのか教えてくれと迫った。

「何も教えてくれないなら、僕が入って、この目で確かめます」

私の剣幕におそれをなしたのか、その若い看護師は「すぐに聞いてきます」と言って看護師詰所へ走って行った。五分ほどして白衣を着た中年の医師が処置室から出てきた。

「ご心配のことと思います。ご説明が遅くなってしまい申し訳ありません」

彼は丁寧な言葉づかいで状況を話し始めた。

「何とか止血できましたので、奥様は大丈夫だと思います。ただ、おなかの赤ちゃんは残念ながら……」

もう五か月に入っていた。ここの産婦人科で定期的に診てもらい、胎児の姿も、拍動の様子も、かすかに動く手足もはっきりと見ていた。みすみは医師がくれたエコーの画像を毎日繰り返し眺めながら暮らしていた。

「どうしてこんなことになるんですか。かみさんは何にもむちゃなことはしてなくて、去年一度流産を経験しているんで今回は本当に用心して生活してたんです。今日だって、突然出血して、思い当たることなんて何もありはしません」

私が憤懣をぶつけると、

「詳しくは産科の担当医の方からもお話があると思いますが、思い当たる原因がないにもかかわらず奥様のような重篤な流産を繰り返す方もごくごくたまにいらっしゃるのです」

医師は重々しい口調でそう言うと、また処置室の中へと戻っていった。

みすみは一週間の入院を余儀なくされた。

私は年末年始を独りで過ごした。誰かと過ごす正月など昨年、一昨年の二回きり経験しただけだったが、一度その味をおぼえてしまうと、それ以前の一人ぼっちの正月をどうやって過ごしていたのかまるきり思い出せなかった。

昨年のように、年末年始で原稿を書き上げ、みすみへのせめてもの励ましにしようと夜はワープロの前に座りつづけたが、いかんせん小説は進まなかった。

早朝から病院に向かい、消灯時間直前まで一緒に過ごした。事情が事情だっただけに産婦人科の看護師たちも病室に張りつく私を咎めたりはしなかった。

みすみの様子を見れば、受けた打撃の大きさは彼女たちにも充分に察せられたのだ。

退院したのは一九九五年（平成七年）一月四日のことだった。

みすみの入院中に私は産科の担当医からじっくり話を聞いた。彼によれば、みすみの子宮は妊娠・出産には甚だしく適していないらしかった。

「正直なところ、奥様のような方の場合、妊娠が成立すること自体が稀なんです。いままで二度も着床し、今回のように数か月間、赤ちゃんが子宮で成長したというのは非常にレアケースだと思います」

「そのことは妻も理解しているんでしょうか？」

みすみからは一度も聞いたことがなかったので、私は不安になって問い返した。

「もちろんです」

医師はしっかりと頷いた。

退院したあとも、みすみの気力は戻らなかった。ずっと床に伏せるようなことはなかったが、いつもぼーっとしていたし、不眠がひどかった。軽度というにはやや重い鬱症状だった。聖路加の心療内科に連れて行き、抗鬱剤や睡眠薬を処方してもらった。

私も学生時代、父から受けた暴力のフラッシュバックで不安状態に陥ることがしばしばだったので、症状がひどいときは薬を服用していた。

ちゃんと眠れるようになれば人間は回復する。睡眠障害はあらゆる精神不安の共通の入り口だと私は思っている。

あてにしていた新人賞は貰えず、すぐ金になるような原稿依頼も当然なかった。いまとなっては店を再開する手もあるにはあったが、みすみの状態を見る限り、我が子を二度も失くした家に住みつづける方がマイナスのように思われた。

行き詰ったときはとにかく気分一新しかない。最も手っ取り早い方法は新しい住まいを見つけることだ。

生計のめどは立たないながらも、私は、正月明けから部屋探しを始めた。どうせならアルバイト先のホテルがある浅草近辺に帰りたかった。まずは上野界隈に的を絞って不動産屋を回った。みすみも気分のいいときは一緒についてくるようになった。

一月十六日月曜日は、成人の日の振り替え休日だった。

この日も、半日費やして何か所か物件を回ったが、なかなか条件にかなうものは見つからなかった。何より家賃が想像以上に高かった。月額七万円くらいで、と私たちとしては相当に思い切ったつもりだったが、その家賃で、二間振り分け、風呂トイレ別という希望条件の物件は少なかった。仮に間取り図で気に入って現地に出向いてみても、日当たりがほとんどなかったり、幹線道路や線路沿いだったりと、およそ長く住めそうな部屋ではなかった。

二人ともすっかり疲れ果てて上野駅のそばの寿司屋に入った。

ひどく寒い日で、みすみの身体も私の身体も冷え切っていた。私はほんとうはあったかい鍋か何かが食べたかったが、ふだんから食欲のないみすみに食べさせるなら好物の寿司が一番だった。

時刻はもう八時近かったような気がする。

入ってみると店は満席に近く、私たちはカウンターの隅に案内された。近づいてきた職人が、「お飲み物は何にします？」と聞いてくる。「どうする？」とみすみに言うと「お茶でいい」というので、「お茶二つください」と告げた。すると職人は明らかに不愉快そうな表情になって、「はーい、×番さん、あがり二丁だってさあ」

と大声で言った。

店内は行楽帰りの人たちでいっぱいで、さほどの高級店にも見えなかった。ただ、ネタを書いた木札には値段が入っていない。まさかお好みで食べるわけにもいかず、私はさきほどの職人に「セットメニューありますか」と訊ねた。

すると彼は何も言わずにメニュー表を投げるように寄越したのだった。

特上が五〇〇〇円。上が三五〇〇円。並でも二五〇〇円だった。バブルの名残はいまだこうした場末の店に染みついていた。

「特上にしよう」

私が言うと、

「何言ってるのよ。こんな店、そんな高いの頼んだってどうせろくなもの出てこないよ」

みすみがたしなめるように言う。

「いいよ。たまには贅沢しよう」

「あのね、私たちそんな身分じゃないでしょう」

並を注文すると、職人はまたこれみよがしに「×番さん、並寿司二丁だってさあ」と言った。

出てきた寿司は案の定、ネタも古くてうまくもなかった。そもそも連休中に寿司屋に入ったのが失敗だったと私は思った。

「やっぱり並でよかったね」

それでもみすみは寿司を頬張りながら言った。

私は気持ちがぐらぐらしてくるのを抑えられなかった。

「よかったもなにも、並しか食えないんだろ、俺たちは」

「そういうんじゃなくて」

「もういいよ。黙って食えよ」

「どうしたの」

「どうもしてないよ」

「だって、ヒックン怒ってるじゃない」

それからはひそひそ声で激しく言い合った。みすみも私も声を荒らげたり、ヒステリックになったりするタイプではなかったが、それはいわば性格の外見で、内側には強い怒りを喚起する火種をいつもかかえていた。

「ヒックン、もう私と別れたいんでしょう。子供も満足に産めないような女はイヤなんでしょう」

みすみが心にもないことを言った。だが、それが私の怒りに火をつけたのだった。一体なんてことを言うんだ、と思った。なんてひどいことを言うんだ、と。その瞬間、私はみすみと一緒になって初めて父に殴られていた頃の記憶をよみがえらせた。

脚の故障で現役を引退した父は、酔うと「俺は君原や宇佐美にだって負けなかったんだ」と実業団時代の自慢話をえんえん垂れ流し、そのうち決まって長男の私を呼びつけて説教を始めた。私は幼い頃から虚弱で、ことに気管支や肺が弱く、小学校を終えるまでは喘息でろくに走ることもかなわなかった。そういう息子が父にはどうしても許せなかった。

子供心にも理不尽としか思えないような説教の種がつきると、

「お前は一体誰の子なんだよ」

と私の頭髪や顎をひっつかみ、赤黒い顔を近づけて狂気をはらんだ瞳で見据えてくる。その頃にはもうべろんべろんだった。

学校の成績だけは常にトップクラスの私が、勉強の苦手だった父にはとても自分の息子とは思えなかったのだろう。

やがて上半身を裸にさせた私を直立不動の姿勢で立たせて、

「歯を食いしばれ」

と平手打ちを見舞った。

頬を張られながら、私はじっと父の瞳を凝視していた。そうやって食い入るように相手の目を見つめている限り、決して自分を失わずにすんだからだ。

私が倒れ込むと、それが合図だった。父の〝教育的指導〟はただの残忍な暴力に一変し、その卑劣な本性がむき出しになった。

小学生の頃はただ泣き叫びながら這いずり回って逃げるしかなかった。

母に取りすがっても嗚咽するばかりで何もしてくれない。私を連れて家を出ることさえ彼女は一度もしなかった。三つ違いの姉は二階の部屋に引っ込んで出てもこなかった。

彼女はそういう父に迎合することで、ひとかたならぬ愛情を勝ち得ていたのだ。

家族とはなからそういうものだと私はずっと思ってきた。

中学になると家に寄りつかなくなった。友達の家を泊まり歩き、泊まる場所がないときは電話ボックスで夜を明かした。家の近所の交番のおまわりさんと親しくなって、深夜まで交番で勉強させてもらうこともよくあった。

みすみのまなざしは、父が私を殴っているときのまなざしとよく似ていた。

人間は卑屈になったとき他人を心底傷つけることができる。なぜなら、彼らはそうやって自分自身を罰しているつもりだからだ。

私はもうみすみの言葉にも態度にも取り合わなかった。何も言い返さなかったし、大声を上げることもなかった。

いかなる人間との関わりも、諦(あきら)めてしまえば何も苦しくはない。ひたすら耐えつづけ、目の前から彼や彼女がいなくなるのをただじっと待っていればいい。

私は黙ったまま残りの寿司を食い、

「もう行こう」

みすみを促して席を立った。

そんな私の態度に異常を察したのか、みすみもさすがに黙り込んでしまった。

5　須磨

翌朝、けたたましい電話の音で目を開けた。

みすみは寝室で寝ていたが、私は電話機の置いてある茶の間に布団を持ち込んで眠っていた。前の晩、上野から戻ってきた私たちは、夫婦になって初めて別々に寝たのだった。

鳴りつづける電話に、時刻も確かめずに受話器を取った。

「もしもし、もしもし」

聞き覚えのある声のような気もしたが、よくは分からない。

「山裏ですが……」

寝ぼけ声で返すと、

「あ、おにいちゃん。私です、雪江です」

声が切迫していた。

「ああ」

ようやく合点がいった。みすみの従妹の雪江だった。みすみとは姉妹同然の間柄で、結婚直後に初めて会い、それからはときどきうちにも遊びに来ていた。彼女の住まいは江東区の森下で、月島とはわりと近かった。

いつの間にか私は彼女から「おにいちゃん」と呼ばれるようになっていた。

「ねえ、おにいちゃん、ちゃんと目を覚まして。神戸が大地震なの。たいへんなことになってるの。すぐにテレビをつけて」

「何だって！」

私は一瞬で覚醒した。慌ててリモコンを取ってスイッチを押した。

ブラウン管が明るくなると、信じられないような光景が映し出されていた。ヘリコプターからの空撮映像だった。都会の街並みが見渡す限りもうもうとした煙に包まれ、ところどころから巨大な黒煙が立ち上り、そして高速道路がきれいに横倒しになっていた。

一九九五年一月十七日、午前五時四十六分。淡路島直下を震源とするマグニチュード7・3の大地震が神戸を直撃した。最大震度7。古いビルや木造家屋が見る間になぎ倒されるような激震だった。

テレビ画面の時刻表示はたしか八時三十二分だったと記憶している。

私は大声を上げて隣室で眠っているみすみを叩き起こした。

須磨寺の泰蔵や幸子の無事が確認できたのは二日後の十九日の夜だった。仮設電話を使って向こうが連絡を寄越してくれた。当時はまだ携帯電話を持っている人は多くなかった。携帯が爆発的に普及し始めるのは阪神・淡路大震災のあとからだ。

中林酒店は倒壊を免れていた。五年ほど前に鉄骨の店舗に建て直したのがさいわいしたようだった。だが、須磨寺前商店街の店舗は八割近くが全壊、半壊して壊滅的な打撃を受けていた。中林酒店も出入り口のガラス戸は砕け散り、棚はすべて落ち、並べていた酒類の瓶はことごとく割れたという。店舗はめちゃくちゃな状態だった。

「奥の倉庫の品も全部やられてしもうたわ」

電話口の義父は想像したよりも落ち着いていたが、それでも悲痛な声でそう言った。

十七日は、会社を休んだ雪江も昼前には月島に来て、三人で深夜までテレビを観た。

みすみも雪江も家族の安否がはっきりしない状況だったので、次々にテレビに映し出される衝撃的な光景に、「三宮でさえこんなんじゃあ、うちのあたりはどないなってるか分からへんやん」などと顔を見合わせ涙声になっていた。

北区に住んでいる雪江の両親の無事はその晩のうちに、兵庫区の病院に勤務する妹の無事が次の日に判明し、さらに翌日、ようやく泰蔵たちから電話が来たのだった。

一週間が経った一月二十三日の月曜日、私とみすみは新幹線と臨時運行バスを乗り継いで大渋滞の中を神戸へと向かった。

すでに幹線道路のがれきは撤去され火事も鎮火していたが、道路沿いのビルや家屋の被害の凄まじさは、実見するのとテレビで観るのとでは大違いだった。

まさに戦慄すべき風景が眼前に広がっていた。

まだ日があるうちになんとか須磨寺前商店街にたどり着いた。

中林酒店は一階の店舗は爆弾でも投げ込まれたように破壊しつくされていた。散乱していたガラス片は片づいていたが、あとはほとんど手つかずの状態だった。その無残な有様にみすみも私も声が出なかった。

それでも二階で何とか寝泊りできる中林酒店は、商店街の中でも被害が最も軽微な店舗だった。義父が電話で語っていた通り、周辺の店の大半が完全に潰れていた。電気もガスも水道も復旧していなかったが、私たちは実家に泊まり込んで、店の掃除や商店街各所の瓦礫撤去作業に従事した。

地震の衝撃から義父も義母も立ち直れずにいた。崩れなかったとはいえ彼らが眠っていた一階の寝室も壮絶な揺れに見舞われていた。背中から突き上げてくるような揺れで、義父も義母もあっという間にベッドから弾き飛ばされたのだという。ただ、そのおかげで、倒れてきた簞笥の直撃をかわすことができたのだった。

「あれで、よくいのちがあったもんや」

という二人の述懐は決して誇張ではなかった。実際、商店街でも家もろともにつぶされて亡くなった人が何人か出ていた。

余震が来るたびに義父母の顔はゆがみ、目は血走った。

「あんなおとうちゃんたち、とてもほっとけへんわ」

近所の人たちと日々、たくさんの会話を交わすうちにみすみはすっかり関西弁に戻っていた。彼女は見舞いに来た各清酒メーカーや酒販社の営業マンと毎日応対し、店舗の修繕、在庫ゼロになってしまった商品の仕入れ、融資の算段、負債処理の方法などについて話し合っていた。

父親の泰蔵は娘の隣で腕組みしながら話を聞いていたが、その耳には何も入ってはいないようだった。彼は娘に頼り切っていた。

義母との関係も気まずいものにはとても見えなかった。

みすみが家を出て十年以上の歳月が経過しているのだから、かつてのわだかまりなど自然消滅したのかもしれないが、それにしても二人は仲が良かった。

そもそも幸子は、私から見てもいい人過ぎるくらいにいい人だった。

一週間が過ぎたところでいったん東京に戻った。

店の再建も泰蔵たちの生活の安定もまだまだ前途遼遠(りょうえん)に違いなかったが、私たち自身の生活もあった。浅草のホテルの仕事だって、幾らバイトとはいえそうそう長く休めるわけではなかった。当時の収入源はそのバイト一つきりだった。

神戸との往復だけでも物入りだったし、それなりの金額をお見舞いとして義父母に包んだから貯金もかなり減ってしまった。月島の家を出るための資金でさえ何とかぎりぎりという状況になっていた。さらにその先の見通しとなるとまったくつかなかった。

ただ、震災が起きたことでみすみの精神状態は立ち直った。

いつまでもくよくよしている場合ではないと悟ったのだろう。またとないショック療法ではあったと思う。

その年の五月、私たちは須磨のみすみの実家に帰ることに決めた。泰蔵たちから懇請されたのが一番の理由だが、みすみ自身も実家を放っておけない様子だった。一月以降たびたび帰省し、店の営業再開の陣頭指揮を執っていた。六月中の再開が決まり、五月連休明けには店舗の耐震補強と復旧工事もおおかた終えて二階のリフォームも済んでいた。いつでも須磨に戻って生活ができるだけの準備は整ったのだった。

最初は、のびのびになっている二百枚の原稿が仕上がるまで私は東京に残るつもりだった。それどころか、その作品がうまくいけば、須磨で店の再開を取り仕切っているみすみを頃合いを見て東京に呼び戻そうと考えていた。

「おとうちゃんたちが落ち着いたら、私はそれでもいいよ」

とみすみも言っていた。

だが、三月になっても四月になっても原稿は遅々として進まなかった。みすみの帰省費用などもたたって貯金は底をつきはじめた。そこへ、私が働いていた浅草の外国人専用ホテルの廃業が追い打ちをかけた。ホテルの経営自体はうまくいっていたのだが、手広く事業をやっていたオーナー会社がバブル崩壊で倒産し、債権者たちが資産の整理を図ったためだった。

万事休すだった。

S社の佐伯さんに相談に行くと、「中林さん、小説はどこに住んでいたって書けますよ」とあっさり言われた。

「中林さんはまだ若い。焦らずじっくりやりましょう。いま神戸に行かれるのは決してマイナスじゃないと私は思います。作家としてはまたとない経験なのかもしれない。中林さんがどこに住んでいたって、私はいつでもあなたの原稿を待っていますよ」

佐伯さんの言葉が背中を押してくれた。帰り際、佐伯さんは、「まだ内緒の話ですが六月からは私が編集長になります。だから、もう心配はいりませんよ」と耳打ちしてくれたのだった。

引っ越しの日は雨だった。

土砂降りではなかった。静かな小糠雨だった。

さして量のない家財道具を積んだ引越屋のトラックを見送った後、二人で部屋の掃除をした。

三年前の同じ時期に、この場所でみすみと出会った。あの日は五月晴れの素晴らしい空が広がっていた。ここで過ごした三年という月日が長かったのか短かったのか、私には分からなかった。しかし、その三年が私の人生にとって何よりも大切でかけがえのない歳月であったのは間違いないと思った。

私は初めて人の愛に触れ、そして、その人を愛することができた。

みすみは一階のカウンターをていねいに磨き上げ、二階の神棚のちりをきれいに拭き取った。

二人目を妊娠しているときは毎朝毎晩、みすみはその神棚に掌を合わせていた。『快挙』が新人賞の候補になったときは、届いたゲラを供えて、やはり毎朝毎晩おがんでいた。

この家で二人の子供を失った。そのせいでみすみは心に深い傷を負った。

そう考えると決してゲンのいい家ではなかったはずだが、こうして出ていく段になってみるとちっともそうは思えなかった。

人生には善きことも、悪しきこともある。私たちはそうしたもろもろと常に折り合いをつけながら生きていくしかない。そんな気がした。

みすみとこうやって一緒に暮らし、一緒に引っ越していける。ただそれだけで充分ではないか……。

掃除が一通り終わると、みすみが押入れの奥から風呂敷包みを取り出してきた。

「何、それ？」

みすみはにっこり笑って包みを開いてみせた。

あの「須磨」の暖簾(のれん)だった。私はてっきり処分したものだとばかり思っていた。

「とっておいたんだ」

と言うと、

「ヒックンが大事にしまっておこうよって言ったじゃない」

みすみは呟(つぶや)くように言い、

「ヒックンはよっぽど須磨に縁があるんだね」

ともう一度にっこりして私を見たのだった。

6　ラジオドラマ

文字通り、廃墟の中での再出発だったが、十数年ぶりに故郷に戻ったみすみは俄然張り切っていた。彼女のいきいきとした姿を見るにつけ、私は東京を離れて正解だったと思わずにはいられなかった。

手がけていた小説は須磨に移ってもなかなか進まなかった。半年以上も呻吟したあげくにこのありさまとなれば、テーマ自体に問題があるのかもしれない——そんなふうに悩み始めるとなおさら筆は重くなった。須磨に転居して一か月ほど経った頃、大阪在住の作家たちへの挨拶回りのために佐伯さんが関西入りし、わざわざ神戸まで足をのばしてくれた。

三宮で待ち合わせて近くの喫茶店で話した。

震災後初めて神戸を訪れた佐伯さんは、三宮駅周辺の変わり果てた様子に圧倒されたようだった。

「こういう言い方は何ですが、中林さん、これは書けますよ」

開口一番、やや興奮気味に言った。

「そうでしょうか」

口を濁したが、正直なところその言葉にがっかりしていた。数千人の命を奪ったこれほどの惨事がそうやすやすと小説化できるはずもなかった。また、小説化する必要があるのかどうかも私には判断がつきかねた。

佐伯さんは編集長になって、やはり嬉しそうだった。彼には似つかわしくない気負いを感じて、逆に心配になったくらいだった。

「とにかく、しばらくはこの神戸の街をじっくり観察してごらんなさい。きっと新しいテーマが浮かんでくるはずです。何度も言うようですが、焦っては駄目ですよ」

そう言い残して、一時間ほどで腰を上げると、佐伯さんはそそくさと東京へ帰って行った。

震災当日から不通となっていた山陽新幹線はすでに全線復旧していた。

中林酒店の二階での生活は思ったよりも快適だった。まずもって生計の心配をしなくていいのがありがたかった。もちろん別世帯である限りは部屋代も光熱費も相応に負担せねばならないのだが、みすみが店を切り盛りしているのもあって、給料がわりに当分甘えさせて貰(もら)っても気兼ねする必要がなかった。

貯金はすでに底をつきつつあったが、家賃がなければまだ数か月は大丈夫だった。義父母との関係も悪くはなかった。

みすみの方は泰蔵にどこか距離を置いている印象だった。震災直後は同情がまさっていたようだったが、町も次第に活気を取り戻し始め、泰蔵の気力も徐々によみがえってくると、日ごとに父親への不満をこぼすようになった。

私の方は義父とは妙にウマが合った。みすみは遅くに生まれた一人娘とあって、義父は当時すでに六十半ばだったが、百八十センチ近い偉丈夫でなかなかの美男子だった。さぞや若かった頃はもてたに違いない。幸子さんが結婚せずに義父を慕いつづけていたという逸話もまんざら嘘(うそ)でもなく思えた。義父はざっくばらんで細かいことにこだわらない人だった。私のこともみすみの夫というよりは歳(とし)の離れた友人のように扱ってくれた。一緒に暮らすとなると、肉親同士よりも友達同士の方がずっといい。そのぶん他人としての節度を保ちやすかった。

その後四か月かけてなんとか二百枚の原稿を仕上げ、十月の初めに佐伯さんに送った。

二週間ほどして連絡が来た。結論は「掲載はむずかしい」というものだった。

自信作というほどではないが、自分なりに力を込めて書き上げたものだったので、落胆は大きかった。作品が雑誌に載れば原稿料が入る。S社は文芸出版の老舗なので、たとえ私のような新人でも一枚三千円は支払ってくれると聞いていた。二百枚となれば六十万円。私たちにとってはまさしく干天の慈雨に等しいお金だった。

断りの電話を貰って半月ほど経った頃、ふたたび佐伯さんが連絡をくれた。

「新しいテーマを見つけて書き出すまで多少時間もかかるでしょう。それまでの生活保障と言っては何ですが、よかったらラジオの台本を書いてみませんか。実は私の大学の同級生が神戸でラジオディレクターをやっていて、筆の立つ人を探してるらしいんですよ」

掲載不可になった作品は、書き直せば復活するものではなく、完全なボツ原稿だった。

〈今回の震災を思い切ってテーマに据えてみませんか？　新しい原爆文学をめざす

ような、戦後の焼け跡闇市派の文学を飛び越えていくような、そういう挑戦的な作品をいまこそ若い中林さんに書いてほしいと私は願っているのです。〉

佐伯さんは、原稿を返送してくれた際の添え状にそうはっきりと書いてきた。

やはり編集長ともなれば、文芸誌といえども世間の耳目を集めるテーマを欲するのだろう。だが、その期待には当分こたえられそうになかった。

「ぜひやらせてください」

と佐伯さんの話に飛びついたのは、そうした背景があったためだ。

紹介されたのは、ＮＨＫ神戸放送局のディレクターをやっている大神順哉という人だった。佐伯さんの話とは違って大神さんはすんなり私に仕事を与える気などなかったようだ。真っ先に「脚本の経験は？」と訊かれ、首を振ると「だったら、とりあえずテーマは何でもいいので三十分のラジオドラマの台本を一本書いてきてください。話はそれからです」と突き放すように言われた。三十分のラジオドラマと聞いても私にはちんぷんかんぷんだったが、大神さんはサンプルとなる台本を渡してくれるわけでもなかった。

神戸駅前のＮＨＫ神戸放送局を辞去したあと、その足で市立中央図書館に向かい、ラジオの台本集を何冊か借りて帰った。それらを参考に一週間かけて台本を書き上げた。持参すると、大神さんは私を応接室に待たせて別室でそれをさっそく読んだ。ものの十五分くらいだったろうか。応接室に戻ってくると立ったまま右手を差し出してきた。

「中林さん、非常にいい台本でした。まずはこの作品からドラマ化させてもらいます。今後とも何卒（なにとぞ）よろしくお願いします」

それまでとは打って変わった態度と言葉遣いで彼は私の手を握ってきたのだった。

大震災と地下鉄サリン事件で日本中が騒然となった一九九五年が暮れ、新しい年がやって来た。

不況の様相はますます色濃く、大手スーパー各社はそろって元日営業に踏み切った。五日には村山首相が突然の退陣表明を行ない、いともたやすく政権を投げ出してしまった。

ラジオドラマの原稿料はびっくりするほど安かったが、私は正月早々より週一、二本のペースで台本を書きまくった。神戸に来て八か月が過ぎ、とうとう蓄えがなくなってしまったのだ。かといって、震災で傷ついた町で割のいいアルバイトを探すのは難しかった。何よりの誤算は、古くからの貿易港である神戸には英語を使える人間が山ほどいたことだ。ここでは英語は大した武器にならなかった。

みすみは相変わらず再開した店の経営で忙殺されていた。当然ながら売り上げは震災前の半分以下で、彼女が給料を取るなど夢のまた夢だった。とにかく私が稼ぐしかなかった。寝食の不安はなかったが、私たち夫婦が生きていくためには、とにかく私が稼ぐしかなかった。

須磨にやって来て一年が過ぎた頃から、みすみと泰蔵の不仲が露呈してきた。店のやり方を巡って口論が絶えなくなり、たまにみすみが店番を投げ出すようなこともあった。泰蔵は震災前の取引先との関係をあくまで大事にしようとしていたが、みすみにはそれでは品揃え(しなぞろ)も含めて新しい店は立ち行かないという思いが強かった。

「メーカーさんにしても問屋さんにしても、親身になってくれたのは数えるほどだったのよ。お酒以外の商品を並べると、『うちはそのへんのコンビニと違うわい』っておとうちゃんはすぐに怒るけど、この先のことを考えたら、私は正直、コンビニに転業するのもありかなって思ってるの。もちろん、商店街の人たちには総スカンかもしれないけど、そんなこと言ってたらうちだってミシマ屋さんと同じになるだけよ」

ミシマ屋というのは、震災で店舗が潰滅(かいめつ)し、営業再開をあきらめた同じ商店街の酒屋のことだった。

店の今後をめぐって新旧の世代が対立するのはいわば当たり前だった。

私は、一年余り、この父娘を間近に見てきて、二人がどうしても本当の意味で打ち解けないのは何か大きな別の原因があるからではないかと感じていた。

そう思う一番の理由はやはり幸子とみすみとの関係だった。結婚当時のみすみの説明では、彼女が高校を中退して家を飛び出したのは、継母の幸子との折り合いが悪かったからだった。

だが、どう考えても幸子がなさぬ仲のみすみに辛く当たったとは思えなかった。幸子はそんな人ではなかった。また、過去にそうした経緯があったのならば、みすみだってこれほど仲良くできるはずがない。

台本の仕事は好調で、ドラマだけでなく昼間の番組の構成台本の仕事も大神さんから請け負うようになった。ギャラは変わらずだったが、数をこなせばそれなりの収入を確保することができた。

大神さんは親しく付き合ってみると、佐伯さんとはまた一味違った好人物だった。

佐伯さんは完璧主義者のきらいがあって、作品評にしても、表現の一つ一つから構成、筋立てにいたるまで事細かに指摘してくるが、大神さんはほとんど注文らしい注文はしてこなかった。ドラマの台本にしても、「こんな時節ですし、できれば軽く笑えるような楽しい話を書いてください。でも、そういうのが書きたくないときは、中林さんの好きなものを書いてもらって構いませんから」と言うくらいだった。

「才能ってのは草花じゃなくて樹木だと僕は思ってるんです。人間があれこれ手を加えなくても大きくなる木は勝手に大きくなるんですよ」

というのが彼の持論だった。

ラジオドラマの仕事は、〝とにかく毎日書く〟という習慣を私の身につけさせてくれた。最初は筆が荒れるのではないか、小説の文章を忘れてしまうのではないかと不安だったが、台本を量産しているうちに、何かを書いて食べるというのはこういうことなのだと分かった気がした。

小説だろうが台本だろうが何だろうが、自分はものを書いて食っていくのだ、と私は腹を固めた。

一・一七から一年半が過ぎて、ようやく震災のことが書けるような気がしてきた。

人間の死とは何なのか、ことに自らには一点の非もないままにいきなり命を奪われるような死に方に一体いかなる意味があるのか、またそうやって大切な人を失くした人々は、過酷な体験をどう受け止めて生きていけばいいのか——そうした大上段に構えたテーマを持ち出そうとするから何も書けなくなってしまうのだ。いっそ自分自身が実際に体験したありのままを小説にしてみてはどうだろうか。

そう気づいた瞬間に、私の中にくっきりとした創作の芯が生まれた。

これで書き出せる、と思った。

九月に入ると作品に着手した。むろん生活の糧であるラジオ台本の仕事をやめるわけにはいかなかったので、昼間は台本を書き、夜中は小説の執筆にあてた。

ずっとやめていた煙草を吸い始めたのもその頃だ。写真をやっているとき、くわえ煙草で作業する習慣が抜けずに何度も現像液やプリントに灰をこぼしてやり直していた。それもあってある日、きっぱりと煙草と縁を切ったのだった。

原稿書きだとそのような支障は出ない。合間の一服がそのうち原稿を書きながらの一服となり、気づいてみればチェーンスモークになっていた。

みすみは煙草が苦手だった。「須磨」をやっているときも「お店をやるのは全然苦じゃないけど、煙草のにおいがねえ」とよく愚痴っていた。それもあって、私はみすみが店に下りているときは吸ったが、店が終わって二階に戻って来てからは仕事部屋でも極力控えるよう注意していた。二階は和室が三つで、通り沿いの六畳二間はつづきの間だったが、洗面所やトイレと並んである裏手の四畳半は独立していた。その四畳半が私の仕事部屋だった。

　小説を書き出して一か月ほどして、私は近所に小さな部屋を借りた。商店街はいまだに仮設店舗が半分以上だったが、新装なった不動産屋の前を通りがかると看板に書かれた物件の一つが目に飛び込んできた。六畳一間の新築アパートで、家賃は月額四万円。ユニットバスもついていた。家からも自転車で五分ほどの距離だった。

　四万円の出費は軽くはなかったが、思い切って借りることにした。滑り出しは好調だったし、この小説はいけるという感触があった。それを確かなものにするために何か弾みのようなものが欲しかった。

　さっさと契約を済ませ、みすみに報告した。

　私が夕食の席で説明しているあいだ、みすみはぽかんとした顔をしていた。夕飯はずっと幸子さんの手料理を下で四人で食べていたのだが、義父とみすみとの間がぎくしゃくしはじめてからは別々にとるようになっていた。私が仕事部屋を外に移したくなった理由の一つは、彼らの醸（かも）し出すそうした険悪な雰囲気から逃れたかったからだ。

「どうして私に一言の相談もなしに、そんな大事なことを決めたの」

怒りを押し殺したような声でみすみは言った。

今度は私の方がぽかんとする番だった。

「だから、こうしていま伝えてるじゃないか」

さすがにむっとして言い返した。

「だって、もう決めてきちゃったんでしょう」

義父と対立するようになって以降、みすみの言葉遣いは標準語に戻っていた。

「分かってくれよ。この数か月が勝負なんだ。今度の作品がうまくいかなかったら佐伯さんにだってさすがに愛想を尽かされる。もうあとがないんだ。いまの僕の稼ぎからしたら贅沢な話かもしれないけど、とにかく作品に集中したいんだよ」

私はさきほどと同じ説明を繰り返した。

「だったら部屋を借りる前にそういう話を私にしてくれるべきだったんじゃない」

「順番が逆になったのがそんなに気に障ったのなら謝るよ。だけど、いっつも忙しそうにしてるし、最近は僕が起きる頃にはきみはいないし、言い出すチャンスがなかったんだ。それに正式に契約してきたのは今日のことなんだし」

私はこの家で義父母と同居を始めたときに、店の経営には口を出さない、店番を含めて手伝いは一切しない、店舗にも下りないと決めていた。この家で店にかかわるというのは即内情に立ち入ることだった。長く一緒に暮らすにはその種の差し出がましい真似(まね)は控えておいた方がいいに決まっている。

「これって、順番がどうのって話じゃないでしょう。夫婦の根幹に関わる話じゃない」

「そんな大げさなこと言わないでくれよ。僕はただ落ち着いて仕事がしたいだけなんだから」

「いまだって立派な仕事部屋があるでしょう。私は邪魔なんてしてないわよ」

「だからそういうことじゃないんだよ」

「じゃあ、どういうことなの。妻に内緒で部屋なんて借りて、よくそんな開き直ったセリフを口にできるわね」

「誰がいつ内緒にしたんだよ」

「してたでしょう。ついさっきまで」

父親の泰蔵と口論が絶えなくなって以来、みすみの口調は普段でもきつくなっていた。本人はそのことに気づいていないようだった。

「もういいよ」

と私は言った。こんなことで口げんかするなんて馬鹿げている。

「何がもういいのよ。こんなんじゃあ、私たちまで駄目になっちゃうわよ」

みすみの一言に、私は気持ちを切り替えた。言うべきことを言うときが来たと感じた。

「この一年、ろくにセックスもしてないんだ。僕たちはとっくに駄目になってるよ」

この思わぬ反撃にさすがにみすみは黙った。

「ここでどうしてもしたくないんなら別の部屋を借りるしかないだろ。そういう心づもりもあったから相談抜きで借りたんだ。それをそんなに責めるなら、正真正銘、もう僕たちは駄目なんじゃないのか」

みすみは私の顔を見つめて、なおもしばらく沈黙していた。

この家に住み始めてから数回しか身体(からだ)を重ねていなかった。あれほど好きだったみすみが、幾ら誘ってもあれこれ理由をつけて乗ってこなかった。初めてこの家に泊まった夜と同じだった。最初の数か月は状況が状況なだけにやむを得ないと私も受け止めていた。

だが、年が明け、町全体が幾らか落ち着きを取り戻し、店の営業がそれなりに安定してからも、みすみは拒みつづけたのだ。

半ば犯すように幾度か関係を持ったが、私にはそういうセックスへの嗜好(しこう)は皆無だった。そのうち誘うのも面倒になり仕事部屋で自慰にふけるのがもっぱらになっていた。

「ごめんなさい」

みすみはようやく口を開いた。

「謝ってほしくて言ったんじゃない。理解してほしくて言ったんだ」

「分かったわ。お部屋のことは認めます。ただ、合鍵(あいかぎ)はちょうだいね」

「そんなの当たり前だろ」

私が笑うと、みすみも小さく微笑(ほほえ)んだ。

「ところで、きみとおとうさんの不仲のほんとの原因は、おとうさんの再婚なんかじゃないんじゃないか」

私はこれまで訊かずにいたことを初めて口にした。

「どうしてそんなことを言うの」

いかにも不思議そうな表情になってみすみが問い返してくる。

「ずっときみたちを見ていてそんな気がするからさ」

そこでみすみはふたたび黙り込んでしまった。私は追いかけることはせずに彼女の次の言葉を待った。

「あの人のことが子供の頃からどうしても好きになれないの。理由なんてない。だから、私もつらいのよ」

みすみはぽつりと言い、

「ねえ、ヒックン」

久々に私をそう呼んだ。

「私、もう東京に帰りたいよ」

その声はひどく遠くのもののように聞こえた。

7　幸福な季節

仕事部屋を借りてからは原稿は順調に進んだ。

寝泊りすることも多かったので私は初めて携帯電話を買った。

店の主導権を泰蔵に奪い返され、店番くらいはやっていたが、みすみはもう商売に身を入れていなかった。

「住む場所を提供して貰っているんだから、全部放り出すわけにもいかないでしょ」

と口では言うものの、本音では一刻も早く東京に戻りたがっていた。

義父ひとり店に残して、しょっちゅう私の仕事場にやって来た。

小説は夜中にやって、昼間はラジオの台本を書いていた。すっかり手つきを憶(おぼ)えている作業なので、みすみがそばにいてもさほど気にはならなかった。

　みすみは執筆している私の後ろで本や雑誌を読んだり、万年布団で昼寝をしたりした。

　台本書きに一区切りつくと、きまってみすみを抱いた。

　真昼間から大きな声を上げるので、「そのうちきっと苦情がくるよ」とみすみは笑っていた。

　いまの作品が書き上がり、佐伯編集長のお眼鏡にかなったら、その時点で東京に帰ろうと私たちは話し合っていた。一作、文芸誌に掲載された程度で作家としてやっていけるかどうかは未知数だったが、もの書きとして食っていくのならばやはり東京が有利だった。小説ならずとも、それこそテレビ・ラジオの構成作家の仕事や雑誌のアンカーのような仕事であればわりと簡単に見つけられるだろう。

　一回りも二回りも筆を持つ腕が太くなったような気がしていた。小説にあらためて取り組んでみてそれが実感として分かった。書き飛ばすようにして書いたラジオドラマだったが、量産が自分の書き手としての線の細さを払拭してくれたようだった。

　大神さんにも、その大神さんを紹介してくれた佐伯編集長にも感謝してもしきれない気持ちだった。

どのみち来年の夏あたりには東京に帰れるだろうと踏んでいた。

この小説はきっとうまくいく、という確信があった。

着想に窮したり、気分転換したいときには、みすみと一緒に須磨寺を散策した。

須磨寺前商店街の入り口から山側に七、八分歩くと、左手に須磨寺の塔頭(たっちゅう)三院の一つである正覚院があり、その先の放生池にかかる龍華橋(りゅうげ)を渡るとそこが須磨寺の仁王門だった。

正覚院にはご本尊の愛染明王とともに水子地蔵が並んでいて、みすみはその前を通ると必ず立ち止まり、賽銭(さいせん)を入れて掌を合わせた。

須磨寺は趣のある大寺だった。

広々とした敷地内に本堂、大師堂、護摩堂、経木供養所(きょうぎくようじょ)などが建ち並び、本堂につながる立派な唐門の手前には不動明王をまつる蓮生院(れんしょういん)や阿弥陀如来(あみだにょらい)を本尊とする桜寿院などの塔頭が門を構えている。経木供養所から三重塔を通り、墓地のあいだの坂道を上っていくと奥の院に通ずる参道があった。奥の院にはむろん宗祖弘法大師がまつられていた。

真言宗須磨寺派の大本山だが、学生時代に写真旅行で一度だけ訪ねた高野山とよく似ていた。

東京育ちの私には、自分の住まいのこんなすぐ近くに、これほどの歴史と由緒を有する荘厳な寺院があること自体が不思議だった。

「こんなところで生まれ育つなんて、みすみはすごいよ」

しきりに感心してみせると、

「そんなの全然すごくないよ」

彼女は言うのだった。

仁王門の左手、法生池のほとりには山本周五郎の文学碑が立っていた。周五郎の文壇デビュー作である『須磨寺附近』は、ここ須磨が舞台の悲恋小説だった。

あることで精神的に打撃を受けてしまった主人公の清三は、親友の青木の誘いで須磨に保養にやって来る。青木は米国赴任中の兄宅に美貌の嫂・康子との二人暮らしで、その家の空いた部屋に清三を寄宿させたのだ。清三はやがて康子に思いを寄せるようになるのだが、康子は最後まで気があるような、ないような女性特有の態度に終始する。

思い余って迫る清三に、康子が、

「我慢なさい」

ぴしゃりと言い放つ場面は私もよく憶えていた。

文学碑にはその『須磨寺附近』の一節が刻まれていた。

〈須磨は秋であった。…

ここが須磨寺だと康子が云(い)った。池の水には白鳥が群を作って遊んでいた、雨がその上に静かに濺(そそ)いでいた。池を廻って高い石段を登ると寺があった。…

「あなた、生きている目的が分りますか」

「目的ですか」

「生活の目的ではなく、生きている目的よ」〉

私は周五郎の愛読者だったので、初めてこの碑文を見たときはちょっとした感動を覚えた。

「すごいね」

みすみに言うと、

「そう……」

ぴんとこない返事が返ってきた。

いまにして思えば、手をつなぎ、毎日といっていいほど共に須磨寺を歩いたあの頃が、私たち夫婦にとって最も幸福な季節だったのかもしれない。

一九九七年（平成九年）の年明けに、冒頭三分の一ほどの原稿を佐伯編集長に送った。

すぐに返事のはがきが来た。

「傑作の予感がします。この調子で、じっくりと書いていってください。期待しています」

と記されていた。

「電話してきてくれればいいのにね」

意外そうなみすみに、

「逆だよ。文字にしてくれたってことは佐伯さんは本気で買ってるってことだ。これからは、このはがきを毎日見ながら僕が書くだろうと分かっているのさ」

私は言った。

佐伯さんの口癖である「じっくり」、「焦らずに」を念頭に置きながら、作品を書き進めていった。

三月の末に脱稿した。二百四十枚。これまでで最も長い作品になった。

四月に入り、多少手直しした上でプリントアウトした原稿を郵送すると、十日ほどして佐伯編集長から携帯に電話が入った。

「とにかく興奮しています。詳しくは明日お目にかかって」

それだけ言うと、佐伯さんはこちらの都合も聞かずに電話を切った。

次の日の午後、ふたたび携帯が鳴った。いま新神戸にいるのだが、この足で仕事場にお邪魔していいだろうか、と言う。

店番をしていたみすみを大至急呼び戻し、私たちは佐伯さんを迎える準備をした。

「こんな狭いアパートじゃ失礼じゃないの」

みすみは困った顔をしたが、

「そんなことないよ。僕がどういうところでどんなふうに書いているか、ありのままを見てもらった方がいい。向こうもそのつもりで来るんだよ。きみにもきっと会いたいんだ」

そう言うと、その表情がぱっと明るくなった。

六畳一間の狭い部屋で、三人車座になってすき焼きをつついた。

私は二年近く神戸に住んで、初めて神戸牛を食べた。あとで値段を聞いてあまりに高いので仰天した。

佐伯さんは作品を絶賛してくれた。

「これで本当にデビューです。しかも鮮烈デビューだ」

しばらく会わないうちに編集長としての貫禄(かんろく)が身に備わっていた。力強い物言いが板についている感じだった。人は変わるのだ。そして、自分もこれから大きく変わっていくのだ、と思った。

灘(なだ)の生一本(きいっぽん)を三人で二升近く飲んだのではなかったか。

「タイトルなんですが、『快挙』にしませんか?」

途中で佐伯さんが言い出した。『快挙』はS社の新人賞で最終候補まで残った作品の題名だった。私が怪訝(けげん)な顔をすると、

「以前読んだ『快挙』よりも、今回の作品の方がより『快挙』に似つかわしい気がするんです。最初の『快挙』もいずれ改稿していただいて掲載しようと思っていますが、まずはその前にこのデビュー作を『快挙』というタイトルで出しませんか」

佐伯さんは言った。

私は気が進まなかった。生まれて初めて書いたかつての作品と今回の作品とはまったく別物だったし、作品のレベルも比較にならなかった。新しい酒は新しい革袋に入れたいと思った。

「ぜひそうしようよ」

するとみすみが不意に言ったのだ。

「快挙がいいと私も思う。インパクトもあるし内容にもしっくりしてる気がする」

みすみはむろん作品を読んでくれていた。私がつけたタイトルが地味だったのは自分でも認める。ただ、震災に遭遇した小さな居酒屋が舞台の小説に『快挙』というタイトルがそぐわしいとはあまり思えなかった。

「じゃあ、快挙でいきましょう」

佐伯編集長は酔いも手伝っていたのだろう、きっぱりと言った。

彼にそう言われると反対はできなかった。みすみがいいと言うのなら、それでいいじゃないかとも思った。『快挙』のゲラを神棚に供え、毎朝掌を合わせていた彼女の姿が脳裏によみがえってきた。

「さっそくゲラにして送ります。ゴールデンウィーク明けには校閲済みのものを出せると思いますから」

その夜遅く、佐伯さんは満面の笑みを浮かべ、予約しているホテルがある三宮へと引きあげていった。

8 〈デスク　今西太郎〉

一九九七年五月七日水曜日の深夜。

その日は、中林酒店の二階で眠っていた。茶の間の座卓に置いた携帯が鳴っているのに気づいて私は目を開けた。枕元（まくらもと）の目覚まし時計を見ると、夜中の二時過ぎだった。

たまにとんでもない時刻に間違い電話が入るので、おそらくそれだろうとしばらく放っておいた。が、電話は鳴りやまない。そのうち隣のみすみも目を覚ました。仕方なく寝床から這い出し、茶の間に行った。座卓のそばに正座して携帯を取った。通話ボタンを押して電話機を耳にあてる。

「中林さん、大神です。夜分にすみません」

という声が聞こえた。その声が異様に沈んでいる。

「どうしたんですか」

こんな時間に大神さんから電話が来ることなどこれまで一度もなかった。

「実は、いましがた佐伯君の奥さんから電話が来て、佐伯君が亡くなったそうなんです」

「えっ」

たしかあの瞬間、私は文字通り「えっ」と大声を上げたと思う。

「佐伯君が乗っていたタクシーが高速道路で玉突き事故に巻き込まれて……」

そこで大神さんは声を詰まらせた。

「即死だったそうです」

私は何も言葉を返せなかった。

「これからのことはまた追って奥さんから連絡があると思うので、そのときは電話してよろしいですか」

「もちろんです。よろしくお願いします」

私は反射的に頭を下げていた。

「中林さん、僕はかなしい」

大神さんは呻くように言った。二人は大学時代からの親友で、大神さんは東京に出るたびに必ず佐伯さんと会っているようだった。家族ぐるみの付き合いだと佐伯編集長もかつて語っていた。

「残念です」

私はそれだけしか言えなかった。

佐伯さんの告別式は五月十日土曜日だった。朝一番の新幹線で上京した。

練馬の大きな葬儀場にはたくさんの人が詰めかけていた。

S社の社員たちが葬儀のすべてを取り仕切っているようだった。受付台に喪服姿の若い女性たちが立って、ひきもきらぬ弔問客を迎え入れていた。

祭壇の周囲には出版業界各社だけでなく、有名作家からの花輪がひしめくように並んでいる。老舗の文芸出版社で看板雑誌を任されていた佐伯さんは、私などが想像も及ばないような業界の花形だったのだろう。だが、彼は偉ぶったところなど一つもない誠実な人だった。一回り以上も年下の私に対してもぞんざいな態度を取ったことなど一度もなかった。

遺影に掌を合わせ、顔を覗いた。一か月足らず前に狭い仕事場で酒を酌み交わしたばかりの陽気な佐伯さんが、こうしていま棺の中に横たわっているのが信じられなかった。

あの晩、酔っ払ったみすみはアカペラで何曲も歌った。彼女は高校時代バンドを組んでいて、ボーカルをつとめていた。たまにカラオケで歌声を聞いたが、素人（しろうと）の域を超えたうまさだった。

得意の今井美樹を披露すると、「いいなあ、今井美樹はいい」と佐伯さんはしきりに頷（うなず）いて、前年に大ヒットした「ＰＲＩＤＥ」を何度もリクエストした。

「佐伯さん、奥さんのほかに誰か好きな人がいるんだね」

翌朝、みすみが確信めいた口調で言った。

開式まで三十分ほどあったので、私はもう一度受付に寄った。

人の列が途切れた一瞬をつかまえて、受付を仕切っているように見えた中年の女性に声を掛けた。佐伯さんの雑誌の名前を言い、そこの編集部の人を探してくれないかと頼んだ。「神戸の中林といいますが……」と名乗ると、女性は「かしこまりました」とすぐにその場を離れていった。

葬儀の席で自分の原稿の件を問い合わせるのは気が引けたが、それだけはしないと帰るに帰れない気持ちだった。

『快挙』は私と佐伯さん二人の仕事だった。

五分ほどすると、小太りの男性が受付の女性に伴われてやって来た。黒縁眼鏡をかけ、たっぷりの顎髭(あごひげ)をたくわえている。やさしそうな眼差し(まなざし)の人だった。

昨日あわてて作ったばかりの名刺を差し出すと、

「ああ」

彼は合点がいった表情を作り、急いで自分の名刺を取り出した。受け取った名刺には〈デスク　今西太郎〉と記されていた。

「中林さんのことは佐伯からよく伺っておりました。いただいたお原稿も拝読しました。佐伯同様、素晴らしい作品だと思いました」

彼はそう言い、

「もうゲラになっていたはずですが、佐伯から送られて来てはいませんでしょうか」

と訊いてきた。

「はい、まだ受け取っておりません」

「そうですか。でしたら、佐伯の机を調べて、事前にご連絡を差し上げてから、できるだけ早く郵送させていただきます。すでに来月のラインナップに入っていますので、今後のやりとりは佐伯に代わって私がすべて担当させていただきます」

「申し訳ありません」

「何をおっしゃいます。こういう言い方は不謹慎かもしれないですが、佐伯の遺言のような作品です。全力で引き継がせていただきます」

今西デスクはあくまでも丁重だった。

しばらく佐伯さんの思い出などを二人で話した。

「しかし、中林さん、お若いんですね。あの作品をこんなお若い方がお書きになったなんて、何というか驚きです」

ようやく今西さんがざっくばらんな口調になった。「中林さんはまだ若いんですから、どうか焦らないでください」という佐伯さんの口癖が耳朶によみがえってきた。

だが、その私も四月ですでに三十歳になっていた。

私は今西さんの言葉に目の前の霧が晴れたような心地になった。佐伯さんを失った衝撃が幾らか和らぎ、亡くなった彼のためにも『快挙』を絶対に成功させなくては、と決意を新たにして神戸に帰った。

しかし、待てど暮らせど今西さんから連絡はなかった。ゲラも送られては来ない。葬儀からちょうど一か月が経った六月十日、たまりかねて編集部に電話した。電

話口に出てきた今西さんは弱りきったような声で、

「申し訳ありません。新しい編集長が中林さんの原稿を読んで、掲載は難しいと言っているんです」

と言った。

余りのことに一瞬、声を失った。

「理由は何でしょうか」

何かどうしても掲載できない事情が出来（しゅったい）したのではないか、と思ったのだ。

「それが……」

今西さんはますます言いにくそうな声になる。

「いまさら震災の話でもないんじゃないかと言っているんです。ほら、いまそちらは例の事件でたいへんじゃないですか。神戸だったらそっちだろうって。何しろ今度の編集長は週刊誌が長かった人なので、どうしてもアクチュアルなテーマにこだわりたがるみたいで……」

今西さんの言い草には唖然（あぜん）とするしかなかった。例の事件というのは、五月二十七日に私の住む須磨区で発生した猟奇殺人事件のことだった。友が丘にある中学校の正門に少年の頭部が置かれ、「酒鬼薔薇（さかきばら）」と名乗る人物による異様な犯行声明文が残されていた。六月四日には犯人による第二の声明文が神戸新聞社に届き、日本中がこの事件の話題で持ちきりの状態だった。

「しかし、幾らなんでもそれはおかしいんじゃないですか。僕の書いた小説と須磨の殺人事件とは何一つ関係なんてないですよ」

さすがに納得できなかった。自分の書いたものを土足で踏みにじられたような気がした。それはとりもなおさず、あの震災で亡くなった数千人の人たちを侮辱することでもある、という気がした。

「たしかに中林さんのおっしゃる通りなんですが、なにぶん編集長が載せられないと言っているので、こうなるともうどうにもならないんです。本当に申し訳ありません」

それ以降は、幾ら粘っても今西さんの物言いは変わらなかった。どうやら、新しい編集長は私の作品をこきおろしているらしかった。

三日後には簡単な詫び状とともに原稿が送り返されてきた。

〈追伸・ゲラ刷りは、こちらの方で処分させていただきました。〉とあったから、佐伯さんはゲラにしてくれていたのだろう。

何がアクチュアルだと思った。ただ、そう憤慨する一方で、震災をテーマに据えてくれと強く言ってきた当時の佐伯さんの中にも、この原稿を全否定した新しい編集長と同じ感覚が潜んでいたのは事実だと思った。そして、その「アクチュアル」に迎合して、大震災からたった二年足らずで小説を書き始めた愚かな自分がいたことも紛れもない事実だった。

人の死を小説にするならば、その核となる「死」を自分自身が体験しなければならない。愛する者を奪われた人間のかなしみは、実際に奪われた人間でなければ理解できるわけがない。ましてそれを小説にするといった大それたことは、よほどの体験をした者でなくてはやってはならないのだ。

私はそんな当たり前のことにようやく気づかされたのだった。

みすみは、自分の落胆を決して表に出さなかった。

『快挙』の掲載が決まり、そうすれば東京に戻れると信じていただけに彼女のショックも大きかったに違いない。だが、何一つ愚痴はこぼさなかった。

「ヒックン、絶対にあきらめちゃ駄目だよ」

と言った。

「ヒックンにはすごい才能があると私は思う。この小説だっていつか必ず日の目をみるときが来るし、その前に書いたのだって、前の前に書いたのだって、いつかきっとたくさんの人が読んでくれるようになる。絶対そうなるって私は信じてるよ」

だが、幾らそんなふうに励まされても、私の受けたダメージはそうやすやすとは回復しそうになかった。

原稿が送り返されて来て半月後の六月二十八日、須磨の事件の犯人が逮捕された。十四歳の男子中学生だった。その後、彼が二月、三月に相次いで発生した女児四人連続殺傷事件の犯人であることも判明し、日本のメディアはしばらくのあいだ、この事件一色に塗りつぶされていくことになる。

9　一陣の風

私は何もする気が起きなかった。放心状態が数日つづき、じきに憂鬱（ゆううつ）が胸にべっとりとはりついて容易には剥（は）がせなくなった。

前途を断たれたと思った。『快挙』という一作品が否定されただけでなく、佐伯さんという存在を失うことで作家としての道そのものが塞（ふさ）がれてしまった。私の作品を認めてくれる人はおろか、私が小説を書いていると知っている人さえいなくなってしまった。

何もかも一からやり直さなくてはならない。

「大丈夫よ、あなたには『快挙』があるじゃない」

みすみはそう言い、

「だったら一から始めましょうよ。『快挙』をどこかの雑誌の新人賞に応募すればいいじゃない。佐伯さんが掲載するとまで言ってくれたんだよ。新人賞くらい絶対に貰えるわよ」

私を勇気づけようとした。

そんなことあるわけがない、と私は思った。作品の出来不出来ではないのだ。根本的な原因はこの私自身につきまとう不運の影にある。

ラジオの仕事も失ってしまった。

大神さんが六月一日付で札幌の放送局に転勤して行ったのだ。

佐伯さんの葬儀の日、火葬場に同行する人々の列の中に大神さん夫婦を見つけて立ち話をした。そこで、突然、異動の件を告げられた。今西さんと会ったあとだったので、私はさほど動揺することなく受け止めた。もともと『快挙』が掲載されれば間を置かずに東京へ帰るつもりだったから、渡りに船だと嬉しかったくらいだ。

しかし、いまとなっては大神さんの不在は、佐伯さんの不在とは別の意味で致命的だった。

ラジオの仕事がなくなれば収入の道を断たれてしまう。

アパートなんて借りている余裕はまったくない。それどころか一刻も早く違う仕事を見つけねばならなかった。

　七月に入ってすぐ、S社の今西さんが電話を掛けてきた。声を聞いたときは一瞬、『快挙』が生き返ったのかと思ったが、全く別の話だった。S社で発行する週刊誌が少年Aの事件を大々的に取り上げるので、今後、定期的に現地の声を拾った短いルポルタージュを送って来てくれないかというのだった。

「編集長も中林さんのことはやっぱり気にかけてるみたいで、引き受けて下さるなら、すぐに週刊誌の編集部につなぐと言っているんです。何しろ、中林さんは須磨に住んでいるわけだし、土地勘は抜群ですよね。どうですか？　うちの週刊も、半年くらいはこの事件を徹底的に追いかけるみたいなんで、毎週とはいかないと思いますが、結構発注はさせてもらうことになると思います。むろんボツ原稿でもギャラはお支払いしますし、何しろ週刊誌なのでギャラはかなり高めです。決して悪い仕事じゃないと思うんですが」

　相変わらず、今西さんは人のよさそうな声で喋る。

「そうですか……」

『快挙』の件ではないと知って落胆は隠せなかったが、すぐに気持ちを切り替えた。

「なにぶん、ルポなんてやったことありませんし、近所だとはいえ事件のことは報道でしか知らないんです。自分にできるかどうか考えて、明日にでも返事をさせてください」

私は前向きの姿勢をにじませながら電話を切った。

ラジオの仕事がなくなったからには、こんな仕事でも引き受けるほかはないと思った。S社との関係を切らないためにもやらざるを得ないだろう。

夕方みすみが仕事部屋にやって来た。

もう一か月近く、私は仕事部屋で何もせずにごろごろしていたのだった。

さっそくみすみに今西さんの話を相談した。

「一生、ものを書いて食っていくと決めてるんだ。あんまり気のすすむ仕事じゃないけどやってみるつもりだ」

私が言うと、

「ヒックン、そんなの絶対駄目だよ」

みすみは呆（あき）れたような表情になった。

「そんなの男らしくないよ」

私の目を凝視してくる。

「その話、明日、必ず断ってね。ヒックン一人くらい私が幾らでも養ってあげるよ」

真っ直ぐな視線でみすみは言った。

翌日、今西さんに断りの電話を入れた。そのあと、私はプリントアウトした『快挙』を封筒に入れてK社の文学新人賞係あてに発送した。K社の新人賞の応募締切は七月末となっていた。

仕事部屋は七月いっぱいで引き払った。

掃除をすませ空っぽになった部屋を去るとき、むなしさがこみ上げてきた。

畳の真ん中を見据えた。つい三か月ほど前、この場所で佐伯さんと車座になって三人で神戸牛のすき焼きを食べた。日本酒をさんざん飲み、深夜、真っ赤な顔に大きな笑みを浮かべて佐伯さんはここを出て行った。

「これで本当にデビューです。しかも鮮烈デビューだ」

佐伯さんの高揚した声が聞こえてくるようだった。

中林酒店の二階に戻ってすぐ、私は風邪を引いた。夜中にいきなり高熱が出て、三日三晩、ろくに眠ることもできなかった。

寝冷えしたわけでも雨に打たれたわけでもなかった。夏風邪にはまだ早かった。

ただ、一つ不思議なことがあった。

高熱が出た日の昼間、私はひとりで須磨寺に散歩に行った。三十五度に迫るような猛暑とあって日差しの照りつける戸外にほとんど人影はなかった。急な石段を上がって唐門をくぐり、本堂に参拝した。本堂の庇(ひさし)の下にしばし涼み、無人の境内を真っ白に染める強烈な夏の光を眺めていた。

そのとき、横合いからゴーッと音立てて一陣の風が吹きつけてきたのだった。

それはまるで古井戸を覗き込んだときのようにひんやりしていた。

私は思わず風の来た方向へと顔を向けた。

だが、そこには何もあるわけはなく、吹いてきた風もそのたった一度きりだった。

錯覚とも思えない。げんに風が当たった右の頬や肩口のあたりには冷ややかな感触がいまだに残っていた。

一体、何だったのだろう？

薄気味悪い心地がして、私は本堂に向かい合掌し直し、陽光があふれる境内へと戻ったのだった。

乾いた咳(せき)がしきりに出るようになったのは、熱が完全に引いてぐっすり眠れるようになったあとからだった。もしかすると風邪をきっかけに小学校時代にずいぶんと苦しんだ喘息(ぜんそく)がぶり返したのではないか？　仕事場を解約したのを機に煙草(たばこ)はやめたが、執筆中のヘビースモークが原因かもしれないと考えた。

空咳はずっとつづいた。

お盆を過ぎても治らないので、あらためて近所の耳鼻科に行った。診断は咽頭炎。上咽頭に炎症があるとのことで抗生剤と咳止めを処方された。

八月の末に、みすみは仕事を見つけてきた。三宮にある神戸海外貿易協会の事務所にアルバイトで勤務することにしたのだ。東京にいるときは、みすみは接客業が一番得意で書類仕事には向かないのだろうと思い込んでいたが、震災後、中林酒店の立て直しに奔走している様子を見ていると、なかなかどうして店舗経営の煩雑な経理事務にも長けているのだった。

貿易協会の仕事も彼女だったら満足にこなせるに違いなかった。

斡旋してくれたのは高校時代の同級生で、高三の初めまで一緒にバンドを組んでいた仲間だった。彼女の夫が神戸市の港湾局に勤務していて、そのコネを利用したようだ。

バイトといっても健康保険も雇用保険もつく好条件で月収も悪くはない。

「これでしばらくは何とかなるから、ヒックンはその咳を早く治して、また新しい小説に取りかかってね。『快挙』が新人賞を貰ったらどんどん新作を発表していかなきゃならなくなるんだからね」

みすみはあくまで前向きだった。

しかし、咳はなかなかおさまらなかった。喉の奥に異物が詰まったような感覚が抜けず、息をついた拍子にものすごく咳き込んだりする。耳鼻科のくれた咳止めはあまり効かなくて、子供の頃から愛用していたブロン咳止めシロップをふたたび飲むようになった。就寝前に定量の二倍飲むと、朝方までさほど咳に悩まされずに眠ることができた。

みすみが早くに出勤するようになって生活は規則正しくなった。

店は泰蔵と幸子で切り盛りしていたが、みすみも店のことに口を出さなくなり、父と娘の関係は徐々に落ち着いてきていた。土日は一緒に夕食を食べるようになった。勤めが始まってからは、みすみが残業のときなどは一階で義父母と私の三人で食卓を囲んだ。幸子の料理は野菜と魚中心の地味なものが多かったが、味付けはしっかりしていてとてもおいしかった。

ただ食事中に咳き込むこともしばしばで、日中から咳が絶えないときは夕方一階に下りるのを遠慮するようにしていた。

昼間は仕事部屋に籠って新しい小説に取り組んだ。みすみ一人働かせて、自分は何もしないでは気が済まなかった。しかし、筆は重く、冒頭から文章は停滞してうまく流れない。無性に煙草が吸いたかったが、一服でもすればそれこそ咳で執筆どころでなくなるのは必定だった。

十月に入って秋風に冷たさが増してくるとようやく咳も少しおさまってきた。

みすみの方は、仕事もおおかた習得し、割と快適なOL生活を送っていた。

「会社って案外おもしろいね」

初めて組織で働くようになって、席次一つの差で上司部下の関係が生まれること、部内融和と称した飲み会が頻繁に行われること、女子事務員同士でも微妙な派閥争いがあることなどなど、もろもろの会社員生活がとにかくものめずらしそうだった。

みすみの話を耳にするにつけ、彼女以上にそういう世界に疎い自分が情けなかった。

大学二年の頃に写真と出会い、すぐにカメラを手に街に出た。一年足らずでまとめた連作があっという間に新人賞を射止め、そこからは写真家になれると思い込んでまともな職を探す気など失くしてしまった。金策にさんざん苦労して通っていたせっかくの大学も中退で終わり、バブルが弾けたあとも変わらぬバイト暮らしで正業には一度もつかずじまいだった。

職歴といえば、十数種類は経験しただろうバイト仕事と五年近く勤めた浅草のホテルのフロント係くらいだ。このフロント係にしてもバイトだったが。

そんな貧弱な人生経験しか持ち合わせていない男が、そもそも小説家なんぞになりおおせると期待する方がどうかしているのではないか？

体調不良も手伝って思考はマイナスへマイナスへと落ち込んでいく。

仕事場を閉じてからはまたみすみとの肉体関係はなくなった。

咳がひどかったのも理由の一つだったが、やはりみすみが実家で身体をつなぐのを嫌がったのだ。

「貯金して、三宮の近くの部屋に引っ越しましょう。それまでの辛抱だから」

みすみはそう言い、実際、事務所の昼休みに三宮や元町の不動産屋を回ってあれこれ物件を見繕っているようだった。

十月の末に、私はまた風邪を引いた。

今回も夕方からいきなり高熱が出て、全身の悪寒が止まらなくなった。みすみが残業で遅くなる日で、寝室に布団を敷いて寒気を抑えようとしたが、ぶるぶる震える身体はまるで自分のものではないみたいだった。体温を計ってみると案の定、三十九度を超えていた。

十一時過ぎにみすみが帰宅したときは、満足に口がきけないほどの状態になっていた。

驚いたみすみがタクシーを呼び、雪江の妹が勤務している兵庫区の総合病院へと駆け込んだ。

救急センターで診察を受けた。インフルエンザかもしれないと思っていたが、当直の医師に「もう三か月も咳がおさまらないんです」と告げると、「じゃあ、胸部のレントゲンと、あと念のためCTも撮っておきましょう」と検査に回された。

病院に着いたとたん不思議に悪寒はおさまっていた。ただ、熱はさらに上がって四十度を超えていた。

思いのほか待たされた後、みすみと二人で診察室に呼ばれた。

医師はシャウカステンに並んだ二枚の胸部X線写真を指差し、

「肺に大きな影があります。CT画像も加味して考えるに、おそらく肺結核だと思われます。初期というよりは進行しているようですし、とにかく今夜から入院していただきます」

最初「結核」という言葉を聞いてもぴんとこなかった。

「けっかく、ですか?」

思わず問い返したくらいだった。隣のみすみと顔を見合わせ、しかし、私はそのうち納得の思いが心中に湧き起こってくるのを感じた。

ずいぶん以前から、この咳はふつうの咳ではないと内心では分かっていた気がした。

ここの病院には結核病棟がないということで、内科病棟の個室をあてがわれた。担当する医師、看護師は緑のキャップに青のガウン、マスク姿で出入りするようになり、部屋の中で使用したものは決して外に持ち出さないように指示された。

「使ったものは感染源になる可能性があるため、すべてが処分されます。面会も制限されますが、奥様以外にどなたか病室に入られる方はいらっしゃいますか」

医師に訊ねられ、

「いえ、とりあえず私だけで結構です」

いきなりのものものしさに緊張の面持ちでみすみは答えていた。

その晩の記憶はそこまでだった。

点滴を受けていた私はじきに眠り込んでしまったのだ。

翌朝、目覚めるとみすみがそばにいた。一瞬、病室に泊まったのかと思ったが、昨夜とは服装が違うのに気づいた。

「何時？」

「九時過ぎだよ」

マスク姿のみすみは心配そうな瞳（ひとみ）で私の顔を見ている。

「おとうさんたちには伝えたの」

結核となれば、厳重な感染経路の洗い出しが行われるはずだ。同居人は、いの一番に感染を疑うべき対象だろう。

「さっき一緒に来て、いま検査を受けてる」

「みすみは？」

「私は、昨日、済ませたから。レントゲンは問題なかったよ」

点滴の効果か、私の熱は三十七度台に下がっていた。

意識も昨夜よりはずっと清明だった。

結核予防法で規定されている結核の場合、医師が強く疑わしいと診断した段階でただちに保健所に通報しなくてはならず、あわせて「結核発生届」を提出する。通報を受けた保健所は、患者の家、勤め先、頻繁に立ち寄る場所、などなどを調べ上げ、それら感染経路に存在する人間たちの感染の有無を検査することになっていた。

私の場合であれば、私を運んでくれたタクシーの運転手、病院の受付、診察にあたった医師や看護師なども検査の対象になる。

昨夜、担当の看護師からそれらについて詳細な聞き取りを受けたとみすみは話してくれた。

真っ先に感染が疑われるのは妻のみすみだった。みすみの感染が確認されなければ彼女の職場へと調査を広げる必要もなくなるのだった。

ただ、みすみの実家が酒屋であるため、仮に義父母が感染し、しかも結核菌を周囲に撒き散らす状態だったりすると「接触者健診」の範囲は大きく広がってしまう。

昨夜の看護師はそこを危惧していたようだった。

病巣の大きさや病状から考えて、私は、体外に結核菌を排出している感染性結核の可能性が高いというのが医師の診立てらしい。

「問題は、あなたが一体誰から感染したのかってことみたいだけど、いままでの生活ぶりを話したら、だんなさん御本人が感染源と考えていいんじゃないかって昨日の看護師さんは言ってたわ」

「だんなさん御本人が感染源」という一言に、私はげっそりしてしまった。

レントゲンの検査の結果、泰蔵にも幸子にも疑わしい所見はなかった。

三人は血液検査も行なっていたが、その結果が出るのは一週間後だった。

10　絶望

雪江の妹の病院に入院していたのは五日間だった。

そのあいだに私のたんや菌の遺伝子が調べられ、正式に「肺結核」と診断された。

みすみたちの方は一週間後の血液検査の結果も白だった。

私のたんの中の結核菌は多量で、感染性結核であることも判明し、保健所は本格的に感染経路の調査を始めたが、私がずっと引き籠り生活をしていたことがさいわいして、みすみの職場や中林酒店の顧客まで調査の範囲が広げられることはなかった。

接客は一切手伝わないという生活方針が思わぬところで役に立ったわけだ。

七月まで住んでいたアパートには保健所から連絡が行った。こちらもさいわい新しい入居者は決まっていなかったため空室のアルコール消毒程度で問題は解決した。

一九九七年十一月四日、私は牧野高原病院に転院した。

医師の話では、入院期間は長くて三か月程度だろうとのことだった。

三か月後の結核菌検査で陰性となれば、退院し、外来での治療に切り替わる。

退院後は半年ほど抗結核薬を飲みつづけ、大体はそこで治療完了となるようだった。

結核菌陰性というのは、早い話、たんの検査で三回つづけて結核菌が発見されなければ、他人への感染の恐れが消えたと判断するということだった。

私の病状は医師の予想とは異なり一進一退の経過をたどった。

十一月は薬の効果が顕著で、体調も改善し、入院生活はすこぶる退屈だった。

抗結核薬の副作用を助長するということで、意外に煩雑な食事制限があった。たとえば毎日の服用を義務づけられている四種の薬のうちの一つ、イソニアジドはチラミンやヒスチジンという物質と相性が悪く、これらを多量に含有しているチーズ、赤ワイン、ビール、レバー、マグロ、カツオなどの飲食は禁じられていた。

当然とはいえ酒は飲めないし、食事のたのしみもない。過激な運動は端から縁がないものの極力安静を求められるので、せいぜいテレビやラジオで無聊を慰めるしかなかった。

サッカーの日本代表が仏ワールドカップへの出場を決めたイラン戦もこっそりラジオで聴いたし、北海道拓殖銀行破綻のニュースも病室のテレビで観た。そして、十一月の下旬には四大証券の一角だった山一證券が自主廃業を決めるという驚くべきニュースも飛び込んできた。

十二月に入るとふたたび体調が悪化した。たんにまざる結核菌の量が減らなくなっただけでなく、発熱や倦怠感が舞い戻って来た。結核の治療は四種の抗結核薬を毎日飲みつづけるのみだから、症状が増悪しても対症療法のほかには何もやるべきことがなかった。

クリスマスの頃になると、止まっていた咳が復活し、頭痛にも悩まされ始めた。解熱剤、咳止め、頭痛薬と薬がどんどん増えていった。

倦怠感もひどく、日中もほとんどベッドに臥せってばかりいた。

定期的に撮影する肺のレントゲンを見ても、白い影の縮小はぴたりと止まってしまった。

「まさか多剤耐性菌に感染してるんじゃないですよね」

私はしきりに医師に訊ねた。耐性菌による肺結核は死亡率が高い。

「そういうわけじゃないんですけどねえ……」

医師は曖昧な物言いに終始した。

みすみの見舞いは週末に限られていた。

牧野高原病院は彼女の勤務先の三宮からも自宅のある須磨からもとにかく遠かった。住所は神戸市西区だったが、実際は神戸市と接する三木市との境界あたりに建っていた。交通手段は神戸電鉄か市営地下鉄、またはバスだったが、三宮からなら神姫バスが一番早くて、それでも片道五十分。須磨からであれば、地下鉄で「西神中央」まで出て「牧野高原病院前」を通る神姫バスに乗り換える。所要時間は一時間。とても仕事帰りに通えるような場所ではなかった。

この病院は戦後すぐに結核療養所として設立されていた。その後、結核患者の減少とともに一般病院となったが、いまも全国的に見ると結核患者の数が多い阪神地区では由緒ある結核専門病院として名が通っているようだった。

結核病棟への見舞いはさほど厳格ではない。

薬の進歩で、たいがいの結核患者は半月も抗結核薬を服用すると排菌しなくなる。そうすれば誰かと接触しても感染する可能性はなくなるのだった。

みすみにしても高性能マスクをしているだけで、別にそれ以上の防御はしていなかった。

ただ、泰蔵や幸子の見舞いはさすがに断ったし、咳がひどいときはみすみに対しても携帯のメールで病院に来ないように伝えた。六月から携帯各社が始めていたショートメールサービスは本当に便利だった。

十二月以降は、みすみが訪ねて来るのは月に二、三回がせいぜいで、あとはもっぱらメールでやりとりをしていた。

年が明けても病状は一向に改善しなかった。

咳もつづいていたし、夕方になると三十八度近い熱が出た。身体は怠く、眠るとひどく寝汗をかいた。

みすみの方は相変わらず元気だった。週末見舞いに来ると会社のあれこれや、部屋探しの進捗状況などを報告する。三か月程度で退院すると言われた彼女は、新居探しに俄然、力を入れていた。

「やっぱり、もうあの二階に戻らない方がいいよ。おとうさんたちは全然かまわないって言ってくれてるけど、あそこを出るいいチャンスだと思う」

みすみはそう言っていた。それは私も同意見だった。ただ現状ではとても三か月で退院なんて無理な相談だった。

彼女の話は大体がメールですでに知っている内容なので、調子が悪いときは上の空になった。

みすみといえども、健康に暮らしている人間を目の当たりにすると私の気持ちはこわばった。

「僕の結核は本当によくなるんですか？　いまの治療法を信じていいんですか」

すでに担当医にはしばしば詰め寄っていたが、そのたびに彼は、

「心配せずに気長に治療していきましょう。不安になったり取り越し苦労をするのは、むしろ治療の妨げになりますからね」

まるで子供をあやすようないい加減なセリフを吐くだけだった。

このまま死んでしまうような気がした。

それならばそれでもいいような気がした。

一月下旬、そうした厭世気分をさらに高じさせてしまう決定的な出来事があった。

K社の文芸誌の二月号に新人賞の予選通過者リストが発表されたのだ。

私の名前は載っていた。が、細字だった。細字は一次選考止まりということだ。二次選考に残った作者と作品名は太文字で、そこからさらに最終候補作の数編が選ばれるのだった。

予選通過者のリストが掲載される時期には最終候補が決まっているのが通例だった。S社の場合は、最終候補に残ると連絡が来たので、その伝でいけば年末か年明けあたりにはK社からの連絡が入っていなければおかしい。

薄々落選だろうと想像はしていたが、それでも現実を突き付けられたショックは計り知れなかった。

こうして病に倒れ、新作が書けなくなったいまとなってはK社の新人賞がまさしく最後の頼みの綱だった。その綱がかくも簡単に千切れてしまっては、もはや絶望する以外に取るべき道がなかった。

私は文字通り、絶望した。

最終どころか二次選考にも引っかからなかったということは、佐伯さんの読み違いだったのかもしれないと思った。ゲラにまでなっていた『快挙』を全否定したあの編集長の判断の方が正しかったのではないのか？　そうでなくてはさすがに太字くらいにはなるだろう。

みすみの楽観的な観測をいつも戒めていたが、内心では、私も最終候補作には絶対に残ると確信していた。K社の文芸誌よりもさらに格上のS社の文芸誌で掲載が内定していたのだ。その作品が選ばれないはずがないと楽観していた。

それゆえに絶望は深かった。

これですべての足がかりが消えた。

自分と世界とを繋(つな)いでいた細いロープが腐って落ちたのだった。

もう、本当にどうでもいいような気がした。

いっそすがすがしいくらいだ、と思うときもあった。幸運なことに不治の結核にもおかされている。このまま肺の結核菌が減少していかなければ早晩、肺の細胞は溶け始め、いずれ死に至る。

死ぬにはちょうどいい病気のような気がした。結核が猖獗(しょうけつ)を極めていた時代、数えきれないほどの作家、画家、音楽家がこの病に倒れた。死に方くらいは、そうした先達のひそみに倣(なら)いたいものではないか……。

そんなふうに超然とうそぶいて一日を心静かに過ごせる日も確かにあったのだ。

だが、一方で、死の恐怖にさいなまれ、こんなみじめな姿のままに死んでしまっては、それこそ死んでも死にきれないと圧倒的焦燥に駆り立てられる一日もあった。

落選の報に接してからは、みすみの顔を見るのがイヤになってしまった。

例によって彼女は、

「考えてみたら、いま受賞してもヒックン、どうしようもないもんね。きっと神様がヒックンにとって一番いいタイミングで賞をくれるんだよ。とにかく病気を治して元気になることに集中しろってことなんだよ」

どこまでもプラス思考を押しつけてくる。

「気休めを言うな！」

微熱がずっとつづいていた時期だったこともあり、ある日、私は思わずみすみを怒鳴りつけた。

ふだんなら「ごめんなさい」とすぐに謝るみすみが、なぜかこのときは何も言わずに花瓶を持って病室を出て行った。きれいな水仙を持って来てくれていた。

私は彼女を追いかけて洗面所まで行こうと身体を起こした。

床に降りてみると、しかし、膝が震えてまともに立てない。まして歩けない。

愕然とした。

結局、活けた花を持って戻って来たみすみとは無言のまま、それからほどなく彼女は「また来るね」とも言わずに帰って行った。

もちろんメールで詫びは送った。その日、本当は新しく借りるアパートの写真を見せに来たのだ。落選で落ち込んでいる私を励ますためだったのだろう。彼女はいそいで引越し先を決めてきた。部屋の内覧を済ませ、写真をたくさん撮って、そのプリントを持って来てくれていた。それが、のっけに私が癇癪を起こしたことで、写真をバッグから取り出すこともできずに帰ってしまった。

みすみは昼の仕事のほかに夜のアルバイトもやっているようだった。

私には絶対に打ち明けなかったが、どことない雰囲気の変化でぴんと来ていた。

メールで情報を伝えてくる新居の家賃が、年明けとともに一気に跳ね上がっていた。

〈こんな高い部屋、無理だろう？〉

私が返信すると、

〈大丈夫、お給料も上がったし、貯金もちょっとはあるからね。〉

と打ち返してきた。そんなはずはなかった。

すでに三十二歳になっていたが、みすみは相変わらずきれいだった。四、五歳はサバを読めるだろうから、三宮の繁華街でホステスをするくらい訳がないだろう。何しろ、かつては銀座でばりばり稼いでいた人なのだ。

これじゃあ安手のメロドラマだな、と我が身を嗤うしかなかった。

結婚から五年が過ぎ、私たち夫婦の関係はすっかり変質してしまったと認めざるを得なかった。

11 雪江

三月になっても肺の影の大きさに変化は見えなかった。

高熱が出ることは少なくなったが、一日中頭痛に悩まされた。その頭痛のせいで読書もテレビを観ることもできなかった。ことにテレビはブラウン管が明るくなるだけでまぶしさを感じ、目の奥の痛みを誘った。ひどいときは窓の光も病室の明かりもつらかった。

入院期間は予定の三か月をとっくに過ぎて五か月目に入っていた。

治療といっても、四種類の抗結核薬を毎日欠かさず飲むだけだ。

何もすることはないし、できることもない。死んだ魚のようにベッドの上で日がな一日ぼーっとしているだけだった。ことに夜が苦しかった。寝つけないままに夜明けを迎え、日が射してくると、今度は頭痛で眠れなくなる。日中、まどろむように過ごし、また眠れぬ夜がやって来る。その繰り返しだった。

みすみの見舞いもたいがい断るようになった。

彼女は二月の終わりに元町のマンションに一人で引っ越していた。

中林酒店にあった私たちの荷物はたかが知れていたが、実家で共用していた冷蔵庫や洗濯機、テレビやエアコンといった家電製品は新しく購入する必要があった。費用をどうやって捻出したのか分からないが、みすみは新居にそれらをきっちりと取り揃えたようだった。

部屋は2LDK。十畳ほどのリビングを挟んで八畳と六畳のフローリングの部屋がある。築浅のかなりちゃんとしたマンションだった。

「ヒックンの仕事場もいままでと違って日当たりがいいし、それに元町の商店街がすぐそこだから賑やかで楽しいところだよ」

一度、来たときに写真を見せてくれながら彼女は言った。

場所が場所で、しかも六階建ての最上階とあって、家賃は十万をかなり上回っているようだった。

「こんなところ、どうやって家賃を払うんだよ」

と訊ねると、

「事務所が終わってから、もう一つバイトしてるから全然オッケーだよ」

ようやくみすみは夜の仕事のことを認めたのだった。

「またクラブ勤めに逆戻りか……」

私が皮肉っぽく言うと、

「小さなスナックだよ。事務所の同僚のおかあさんが開いてて、人手が足りないからやってみないかって誘われただけ。彼女もときどき手伝ってるようなお店」

みすみはそう説明したが、とても本当だとは思えなかった。だが、私はそれ以上は何も言わなかった。

みすみが滅多に顔を見せなくなって一か月ほど過ぎた三月末、意外な面会者がやって来た。

従妹の雪江だった。最後に会ったのは私たちが東京を離れる直前だった。彼女はその翌年、東京で結婚した。都内での結婚式にはみすみだけが出席した。そんな雪江がいきなり訪ねて来たので面食らった。実家に急用でもあったのかと思ったが、聞いてみると、離婚したのだという。

「そうなんだ」

「そうなのよ」

雪江の方はすっかり吹っ切れたふうだった。先週、東京の住まいを畳んで、神戸に戻って来たという。一年半にも満たない結婚生活だったらしい。

「おにいちゃんが入院してるなんて全然知らなかったの。秋江も何にも言ってくれないし。三、四日前にみすみちゃんに聞いて知ったんだよ。びっくりだよ」

秋江というのは、看護師をやっている雪江の妹の名前だった。

偶然か、雪江が来る前の日から何となく体調がよかった。不意に頭痛が薄くなり、窓の光がまぶしくなくなった。病室の窓から見える中庭には桜があった。つぼみに混じってちらほら花が開いていた。そんなことにも初めて気づいたのだった。

「おにいちゃん」といっても、みすみより二つ年少の雪江は私とは同い年だった。十一月生まれの彼女は当時三十歳。四月生まれの私はあと一月足らずで三十一になるところだった。

それからはしょっちゅう雪江が見舞いに来てくれた。

北区の実家に身を寄せて離婚の疲れを癒（いや）しているだけだから、時間は有り余るほどあるのだと彼女は笑った。

「出戻りだしね、正直言うと、この病院くらいしか行くとこないのよ」

多いときは二日に一度くらいのペースだったが、これも偶然なのか、彼女がやって来るようになって体調は徐々に改善し始めた。薄紙をはぐようにという表現そのままの回復ぶりだったが、それでも昨日よりも今日、今日よりも明日と、一歩一歩階段を上っていく感触があった。

四月二十一日火曜日。この日は私の三十一歳の誕生日だった。

平日とあってみすみは見舞いに来ることができなかった。そのかわり、十九日の日曜日にやって来て、ささやかな誕生祝をデイルームでやった。

あのとき、みすみは何かプレゼントをくれただろうか？　いまとなってはちっとも憶えていない。デイルームでケーキを食べたような記憶はあったが、それもいま一つ定かではなかった。

私が、そしてそれ以上にみすみが、もう相手への興味を失っていた。

誕生日当日の昼間、雪江が訪ねて来た。

病室に入って来るなり、

「さあ出かけましょう」

と言う。

雪江とみすみはよく似ていた。二人は母方の従姉妹同士だったが、まるで姉妹のようだった。みすみの方が上背はずっとあった。彼女の身長は父親の泰蔵譲りだったのだ。みすみの母親の光恵はどちらかといえば小柄だったそうで、そういう点では、実子のみすみよりも姪の雪江の方が光恵に似ているくらいだった。

たしかに光恵の若い頃の写真を見ると、雪江は彼女にそっくりだった。

いきなり「出かけましょう」と言われて私はぽかんとしていた。

「先生に外出許可をいただいているの。さあ、おにいちゃん、着替えてちょうだい」

「外出許可？」

そう言われても要領を得ない。

「先週から、二十一日はおにいちゃんの誕生日なので外に連れ出したいんですけどってお願いしてたの。そしたらこの前来た日に、三時までだったらいいでしょうって先生が言ってくれたのよ」

外に出ると聞いて、私はひどく憂鬱になった。この半年、中庭に降りるくらいで病院の外には一歩も出ていなかった。それどころか院内の廊下を行ったり来たりするようになったのも、ここ半月くらいのことだった。急に外出なんてとてもじゃないが無理だ。

「心配しないで。レンタカー借りてきたから。まずはドライブ。とにかくちゃんと太陽の光を浴びましょう」

こちらの気持ちを察してか、雪江が言った。

レンタカーと聞いて、一瞬で気持ちが裏返った。太陽の光というよりは、風を浴びたいと思ったのだ。車の窓を全開にして春風を感じてみたい。

庭の桜はとっくに散って、花冷えの時期も終わり、うららかな晴天の日々がつづいていた。

病院の階段を下りて駐車場まで歩いた。コンクリートの道を一歩踏みしめるたびに膝が心もとなく震える。

地に足がついていないという感覚をまざまざと味わった。このまま死んだっていい、などと気安く考えていたが、こんなありさまで俺はこの先一体どうなってしまうのだろうと胸底がひび割れるような不安をおぼえた。

なんとか駐車場までたどり着いて、雪江が近寄っていく車を見て驚いた。「わ」ナンバーだからきっとこれなのだろう。

「こんなの借りてきたの」

「そうだよ。久しぶりの外出でしょう。豪勢にやらないとね」

車はセルシオだった。むろんセルシオなんて一度も乗ったことがない。

雪江の運転で山側から海側へと下って行った。牧野高原病院は名前のごとく東は六甲山系に連なる丘の上にある。

セルシオの乗り心地はよかった。ためしに窓を閉め切ってみると車内はほとんど無音になる。その静粛性に感心した。

車窓から吹き込んでくる風はしばらく当たっていると想像以上に身体を冷やしたので、私は助手席のシートを倒して、フロントガラス越しの陽光を全身に浴びた。

「気持ちいいでしょう」

「うん」

雪江の運転はなかなか上手だった。

一般道をのんびりと走り、垂水(たるみ)区に入る。垂水は須磨の西隣だった。両区とも美しい海岸線に恵まれた町だ。

国道二号線にぶつかったところで右に進路を取る。

垂水方面へと向かっていることで雪江がどこを目指しているのか分かった気がした。

さらに二十分ほど走り、「舞子公園前」の交差点で雪江は車を公園内へと乗り入れた。広い駐車場にセルシオをとめた。

真っ青な空を背景に巨大な吊り橋が目の前にあった。

私は車を降りる前からその威容に息を呑んでいた。

半月ほど前の四月五日は、この明石海峡大橋オープニングのニュースで地元紙やテレビはもちきりだった。十年の歳月と五千億円の巨費を投じて作られた吊り橋は世界最長を誇り、主塔の高さは三百メートル近くにも達した。東京スカイツリーが完成するまでは、東京タワーに次ぐ国内二位の高さの構造物だった。

震災で地盤がずれ、完成間近の橋の全長が一メートル伸びるという思わぬ事態も出来したものの、震源のほぼ真上でありながら橋自体はびくともせず、日本の橋梁建設技術の水準の高さを世界に見せつけた。

セルシオから降りて、橋の姿に目を奪われながら目と鼻の先に橋脚が見えるあたりまで歩いて行った。病院を出たときの足元の不確かさはない。というより巨大な吊り橋に吸い寄せられて、歩行に意識がまったくいかなかった。

顎を上げ、橋を凝視する。

私はどうしようもなく感動していた。

理由は分からない。ただ、胸に押し寄せてくる巨大な感情のかたまりがあった。

三年前に神戸にやって来て以来、建築途中の明石海峡大橋を見ることは一度もなかった。須磨より西には行かなかった。意図したわけではなく、機会がなかっただけだった。橋を見るならば完成してからにしようとみすみと話したことはあった。

その完成した橋を見て、これほど感激するとは思ってもいなかった。

まったく奇妙な、笑い話のような話だが、私は車を降りて目の前にそびえたつ巨大な明石海峡大橋と対峙（たいじ）した瞬間、生きていてよかったと本気で思った。

これで自分は生きていける、そう思った。

いつの間にか、隣に雪江が立っていた。

「おにいちゃん」

と呼ばれ、声の方へと視線を向けた。彼女はじっと橋を見つめている。その横顔はみすみによく似ていた。

「絶対に治るから。もう大丈夫だよ」

雪江は強い口調で言った。

12 尾行

一九九八年（平成十年）六月十八日木曜日。

私はようやく退院した。

梅雨が始まっていた。その日も雨だった。

雨の中を病院前のバス停まで歩いた。道々何度か病院の方を私は振り返った。

病室には入院仲間がまだ三人残っている。二人は私が入院して四か月以上経って（た）から入って来た患者だった。残りの一人は私より二か月前に入った先輩だった。四十手前の、五歳になる娘さんがいる人だった。仕事は保険会社のセールスマン。塩谷という名前で、大のトラキチで、初めて会ったときは小太りの陽気な人だった。小柄な色白の奥さんが週末になると必ず見舞いに来ていた。菜々子ちゃんというお嬢さんは病院の規定で来ることができない。毎週、奥さんが持ってくる写真で娘の成長を確かめるしかなかった。塩谷さんは次の面会まで一番新しい写真を飽かず眺めていた。

その塩谷さんが、私の退院に一番ショックを受けていた。初対面のときに比較すれば、彼は見る影もないほどにやつれてしまった。

部屋を出るときそれぞれに挨拶したが、塩谷さんだけは「おめでとうございます」とは言わずに、ベッドの縁に腰かけ、俯いたまま黙って手を振ってくれた。

塩谷さんのひっそりとした姿が雨の中を歩きながらずっと脳裏に浮かんでいた。傘を手に、細い歩道をみすみは先に立ってゆっくりと歩く。私がたびたび後ろを振り返っているのには気づいていないようだった。

塩谷さんが無事に退院できるかどうか五分五分という気がしていた。実際は、もう少し厳しいような気もした。

塩谷さんのことを、自分は一体いつ頃までこうして思い出すのだろうか？　思い出すことができるのだろうか？

ずっとそんなことを考えながら歩いた。

塩谷さんが無事に退院できたとしても、もしくはあのまま病状を悪化させて亡くなってしまったとしても、私にはもはや知るすべがなかった。

彼は私の人生にとって、いかなる意味を持つ存在であったのか？

七か月余りを同じ病室で共に過ごした。なおりの悪い私と塩谷さんは、入れ替わっていく同室のあとの二人とは異質な存在だった。大した交流もなかったが、それでも奇妙な連帯感のようなものが私たちのあいだには芽生えていた。

それが、今日、こうして完全に袂を分かった。死別せずとももう永久に会うことはないだろう。

前を歩くみすみの背中を見つめながら、私は深い孤独を感じた。

この妻とあの塩谷さんとのあいだに果たしていかほどの隔たりがあるというのだろうか？

退院しても半年ほどは抗結核薬を飲みつづけなくてはならなかった。体調もすぐに元通りになるというわけではない。

初めて見る元町の部屋はいままで住んだ部屋とは比べられないほど立派だった。長いあいだずっと病室に引き籠っていた身には尚更にそう感じられた。

仕事部屋として与えられた六畳間に入って茫然とした心地になった。

そこには須磨のアパートで使っていた事務机が置かれ、愛用のワードプロセッサーが載っていた。新しい本棚と新しいソファベッドも配置されていた。フローリングの床も壁もぴかぴかで、南向きの窓からは雨にもかかわらず薄日が射し込んでいる。

中林酒店の二階とも、まして月島のしもたやの二階とも全然違う。

心機一転、何もかも最初に戻ってやり直せ、と叱咤激励されている気がした。いたたまれなかった。

もう僕にはそんな力なんてこれっぽっちも残っちゃいないんです——そう呟いて、うなだれてしまいそうになる部屋だった。

「お薬が終わるまではのんびりしようね。先生も絶対に無理はしないようにって言ってたんだし」

みすみは同じ言葉を繰り返す。他に言うべきことを見つけられないみたいに……。

月曜日から金曜日までは貿易協会とスナック勤めをかけもちし、土曜日は夕方近くに東門街のスナックに出勤する。みすみとは同居しながらも一緒にいる時間はほとんどなかった。日曜日はさすがに休みだが、昼過ぎまで寝ていて、午後からは週に一度の買い物に出かける。二人分の毎日の弁当のおかずや出勤前に用意していってくれる私の夕食のための食材をたんまり仕入れてきて、新品の大型冷蔵庫におさめる。買い物、掃除、洗濯、それに一週間分の弁当の下拵えで彼女の日曜日はあっという間に過ぎ去った。

みすみが働きに出ているあいだ、私はテレビを観ることで大半の時間を潰した。元町の商店街まで五分もかからない場所にマンションがあったので、一日に一度は商店街をぶらぶらと歩くようにしていた。

賑やかな商店街は、最初は気おくれを誘った。人込みに混じって百メートルも歩かないうちに立ちくらみがした。通りの左右には喫茶店のたぐいが何軒もあったが、どこも当時は禁煙席がなかったので、コーヒーで一服するわけにもいかなかった。

昼食は弁当だったし、お茶も飲めないとなると、長い商店街のアーケードを行ったり来たりする以外にすることがない。

そのうち海文堂という品揃えのいい書店を見つけて、散歩に飽きたらそこに入ってあちこち書棚を巡ってひまつぶしをするようになった。

小説を書く気持ちなどちっとも湧いてこなかった。

微熱が数日つづくこともあったし、頭が痛い日もあった。まだまだ本復にはほど遠いのだから仕方がないと自分に言い訳していたが、内心では、元気になったときの方が実はもっとつらいのだろうと想像していた。

あの誕生日以来、退院後もたまに雪江とは会っていた。

さすがに部屋に上げるわけには行かないので、商店街の甘味屋で待ち合わせたり、あとは雪江の車でドライブしたりした。彼女は実家を出て岡本のあたりに部屋を借りてくれていた。自立と同時に中古のゴルフを一台買った。そのゴルフであちこち出かけた。金回りは悪くなさそうだった。

「当分は働かなくてもやっていけるくらいは貰（もら）ったから」

と言っていた。

雪江のことはみすみには一切言わなかった。

みすみの方も隠し事をしているのだから御互い様と言うほかはない。

雪江とみすみとがたまに会っているのか、連絡を取り合っているのかも知らなかった。みすみにも雪江にもそのへんのことを確かめたりはしなかった。

二人きりの生活になってもみすみとの肉体関係は復活しなかった。

セックスが治療に悪影響を及ぼすというデータはない。排菌も止まっているから相手にうつす可能性もない。ただ、そうはいっても感染者の方から積極的に出るのは心理的にむずかしかった。みすみにその弱みを上手に利用されている気がした。

私が働かないのは静養のためであり、セックスをしないのもまた静養のためだった。静養が私の生活のすべてなのだとみすみは押しつけがましかった。

その種の態度はいかにも良妻風だったが、みすみの本来の性格を考えると非常に違和感があった。

みすみは決して頭脳明晰（めいせき）な人ではないが、ざっくりした気風（きっぷ）のいいおんなだった。融通無碍（むげ）、臨機応変、感覚的でやや直情型、そして何より、自分の直感に信を置いていた。そうした点ではいかにも女性らしい女性だった。

女性と男性の決定的な差異は論理性の有無だと私は思っている。

女性は論理に従うことはあっても論理を信ずることは決してない。女性にとっての神はあくまでも自分自身なのだ。常に外部に神を求めざるを得ない男性よりも彼女たちがいつも強くてたくましいのはまさしくそのためだった。

彼女は本当の自分自身を守るために、夫である私を静養という〝論理〟で縛ろうとしていた。そして、その本当の自分自身の方は私とは別の相手に対して普段通り直感的にふるまっているに違いなかった。

去年の八月から一度も身体（からだ）を結んでいなかった。

丸一年が過ぎた八月一日土曜日。

かねて迷っていたことを実行しようと決めた。

　みすみは午後四時過ぎに部屋を出て行った。東門街のスナック「ミチル」に出勤するためだ。だが、彼女はそうやって店に出る日もあれば、出ない日もあった。私には仕事だと言って出かけて、店以外の場所に直行したり、九時頃に店を早退して、それからそちらに回ることもあった。

　退院する半月ほど前、

「みすみちゃんにも男の人がいると思う」

　雪江にいきなり告げられた。

　言われた瞬間は驚いたが、直後には冷静に受け止めていた。たまにやって来るみすみを見ていると、私から心が離れつつあるのが感じられた。長期間、別々に暮らし、しかも生活はみすみ一人の力で賄（まかな）っているのだから、独立の気概が心の大勢を占めても不思議ではなかった。

「知りたくないの？」

　無言でいると雪江が訝（いぶか）しげにこちらを見た。私は黙ったままだった。

「明石公園で偶然見かけちゃったのよ。あそこは大きな池があって、池の周囲にはたくさん桜の木があって、花の時期はそれはとても見事なんだけど、その明石公園の池のほとりの芝生でね、みすみちゃんが男の人と小さな女の子と三人でビニールシートに座って、お弁当を食べてたの」

「いつの話？」

私は訊ねた。桜の季節だとすれば二か月近くも前のことになる。

「先週の土曜日」

雪江は言った。

ふたたび一緒に暮らすようになって、私はみすみの挙動を子細に観察した。一週間も経つと、雪江の言っていたことに間違いはあるまいと確信した。

退院から十日目にあたる六月二十七日土曜日、私は、みすみを尾行した。やはり午後四時頃に彼女を送り出したあと、私もすぐに部屋を出てあとをつけた。みすみは「ミチル」のある東門街へとは向かわず、鯉川筋を山側へとぐんぐん上がって行った。

JR元町駅を過ぎ、下山手通りにぶつかったところで左折する。兵庫県庁の前まで歩き、彼女は道路を挟んで庁舎本館のはす向かいに建っている大きなマンションの中へと消えていった。

二週間後の土曜日、七月十一日も尾行した。

みすみは今回は「ミチル」に入って行ったが、近くのコンビニで見張っていると九時過ぎに店から出てきた。東門街の酒屋でワインを一本買って、彼女はいそいそと前回と同じマンションの方角へと歩き去って行ったのだった。帰宅は十二時を回ってからで、ずいぶんと酔っていた。

尾行三度目となる八月一日は、みすみが出て、二時間ほど経ってから私は出発した。

三宮まで歩き、ＪＲ三ノ宮駅のそばにあったレンタカー屋で車を借りた。久しぶりの運転だった。

県庁前の件(くだん)のマンションの向かい方に車を停めたのは午後七時前だった。

真夏とあってまだ外は明るい。夕方になっても気温は三十度を超えていた。クーラー全開の車内でじっとマンションの玄関を見張った。

十時を回ってもみすみはやって来なかった。ということは今夜は来ないのか、それとも家を出たあと店には寄らずに直接マンションに入ったのか。

十一時過ぎ、みすみが出てきた。倒したシートに背中を張り付けていた私は慌(あわ)てて上体を起こす。

みすみだけではなかった。つづいて背の高い男性と、その男性に手を引かれた女の子が一緒に自動ドアから出てくる。

玄関前の路上に下りると、みすみが女の子の空いた方の手を握った。三人並んで左方向に歩き始める。

私はゆっくりと車を発進させ、反対車線から三人を追いかけた。

狙(ねら)い通りの展開だった。子供までついてくるとは思わなかったが、男は見送りに出てくるだろうと踏んでいた。

いま初めて、みすみの相手をこの目にしていた。

事実を事実と決定づけるのが怖くて、ここまでのことはせずに済ませてきた。相手の男を確認してしまえば後戻りができなくなる。現在のようなあいまいな関係が長続きするはずもなかったが、かといって事態を突き詰めてしまえば夫婦関係は必然的に破綻(はたん)をきたすだろう。

私には自分がどうしたいのかが分からなかった。

だが、結局は分からないままに、その瞬間を迎えてしまった。

信じがたい光景だった。

ああして、仲のいい家族のように歩いている三人の一人がみすみであるのが信じられない。

これから三十分もすれば、彼女は私のいる部屋へ何食わぬ顔で戻って来て、

「ただいま。今夜はひまだった。暑くなるとやっぱり土曜日は駄目だね。お客さん来ないもん」

などと言いながら、冷蔵庫から出した冷たい麦茶か何かを私の目の前で飲み干してみせるのだ。

そのとき、彼女はすっかり騙(だま)されている哀れな夫の姿を見ながら、一体どんな気持ちになるのだろうか？

数十メートルほど先にあったコンビニの前で父子とみすみは立ち止まった。男が女の子を抱き上げる。みすみは彼女の頭を撫(な)で、手を振ってから一人で歩き始める。男と娘は去っていく彼女の後姿をしばらく見送っていた。

みすみは一度も振り返らなかった。

男は娘を下ろすと、また手をつないだ。一緒にコンビニの中へと入っていった。

私は車から降り、行き交う車のほとんどない道路を急いで渡った。目の前のコンビニに飛び込む。

二人はすぐに見つかった。父親の方は上背がある。百八十センチ近いだろう。年齢は四十くらいか。女の子の方の年齢はよく分からなかった。四、五歳といったところか。

私は雑誌コーナーで漫画雑誌を手にしつつ二人を見ていた。

そのうちパンやお菓子を持ってレジに向かった。

支払いを済ませて出ていく彼らを急いで追いかけた。十メートルほどの距離を保ちながら後ろを歩く。女の子はつかんだ父親の手を揺らしながら何か歌を唄っていた。

マンションの玄関に到着したときには真後ろにつけていた。

オートロックの内扉を開けて彼らがロビースペースに入っていく。一緒にその自動ドアをくぐった。

「こんばんはー」

私の方から声をかける。

「こんばんはー」

男が返事をした。

そのまま三人で同じエレベーターに乗った。女の子が三階のボタンを押すのを見て、私は「四階を押して貰っていいですか」と頼んだ。笑顔になって彼女は4の数字を押してくれた。

エレベーターを降りると非常階段を使ってダッシュで三階に下りた。非常階段の扉を開けてそっと顔を出す。左右振り分けの長い廊下の右奥のドアにちょうど二人の背中が吸い込まれるところだった。

しばし金属製の扉の内側で待機してから廊下に出た。足音を消して右奥のドアの前まで歩く。

壁の表札を見る。

「308号　布川」

と記されていた。

13　夫婦とは　なんと佳いもの　向い風

二日後の月曜日、みすみより先に部屋を出た。

「日中は暑くてとても歩けないから、今日からは早朝に散歩することにしたよ」

寝起きのみすみに言うと、

「それ、いいかもね」

まったく疑う気配はなかった。

貿易協会の始業は九時からだから、みすみはいつも八時半に家を出る。それでは間に合わなかった。

布川の住むマンションの前に到着したのは午前六時過ぎだった。

すでに真夏の陽射(ひざ)しが街路に照りつけ、気温はとっくに三十度を超えていそうだ。

玄関ドアをくぐり、オートロックの内扉の近くにいると勤務先へと向かう人たちが次々と出てくる。私は「おはようございまーす」と明るく声をかけ、彼らとすれ違いながらロビースペースに入った。

ロビーはかなり広めで、応接セットが二つ置かれている。エレベーターから遠い方のソファに陣取り、布川が出てくるのを待った。

七時過ぎ、娘を連れたスーツ姿の彼がエレベーターから降りてきた。背後に私の目があることには気づいた様子もなく、彼らは玄関を出て行った。女の子がさかんに何かしゃべりつづけている。

私はゆっくりとソファから立ち上がり、二人のあとを追う。

子供連れだから歩く速度が遅い。距離を取って尾行するにはうってつけだった。

昨日、近辺にある保育園の場所は地図で調べておいた。三か所あったが、一番近いのは布川のマンションから二百メートルに満たないところにある。父子はその保育園の方向へと歩いて行く。

子供を預けて保育園を出てきた布川をさらに尾行した。

上背があるので人込みでも見失うおそれがない。全体に痩(や)せてはいるが、肩幅があり、均斉がとれていた。学生時代はバスケかバレーでもやっていたような体型だ。

薄いバッグを手に、姿勢正しく悠然と歩いていた。背広姿が板についている。明るい光の中で見ると年齢は四十を幾つか超えているような気がした。相応の落ち着きが感じられる。

元町駅に入った。急いで券売機で切符を買い、定期を使って改札を抜けた彼を追いかける。どこまで行くのか分からないので、とりあえず大阪までの切符にしておいた。

だが、布川は下りのホームへと上がっていく。勤務先は大阪方面ではないようだ。明石という地名がふと思い浮かんだ。布川父子とみすみが一緒にいるのを明石公園で見たと雪江は言っていた。

向かいの上りホームは通勤客でごった返していたが下り線はさほどの混雑ではなかった。

五分もしないうちに姫路行きの電車がホームに滑り込んでくる。

用意しておいたサングラスをかけ、彼のあとにつづいて電車に乗り込んだ。

車内は空(す)いていた。布川は右のシートに腰を下ろした。私はその向かい側のシートに座る。真正面から彼を観察した。

膝に置いたバッグから何やら書類を取り出して読んでいる。いかにも物静かなたたずまいだ。次の神戸駅を過ぎると書類をしまった。あとはじっと目をつぶっている。目の前にいる私の視線には気づいていないようだった。

二駅目の兵庫駅に着くと、彼は立ち上がった。

こんな近くに職場があるのだろうか。ちょっと意外な気がする。

ホームに下り立った布川は一度大きく伸びをした。首を何度か回したあと階段へと向かう。足元に小さなペットボトルが転がっていた。身体を曲げ、それをひょいとつかんで自動販売機の横のごみ入れに投げ捨てる。一連の動作がとてもさりげなく自然だった。

電車の中で顔を凝視しながら、誰かに似ているとずっと思っていた。

その軽い身ごなしを目にして思い当たった。

布川は、潮崎哲也によく似ていた。

みすみがかつてファンだった、あの西武ライオンズの潮崎哲也だ。

十時前には自宅に帰りついた。みすみはもういない。

仕事部屋のソファベッドに寝転がって窓からの光をぼんやりと見つめる。

とても静かだった。

布川とみすみとはどうやって知り合ったのだろうか？

別の女が自宅に出入りしているのだから、布川に妻はいないのだろう。離婚か死別か。

保育園の送り迎えを考えると、二人が「ミチル」の客と従業員として出会ったとも思えなかった。

貿易協会の仕事を通じて面識を得たのではないか。

ＪＲ兵庫駅で降りた布川は、阪神高速三号線の下をくぐって海側へとどんどん歩いて行った。そして、川崎重工兵庫工場の正門に達すると、社員証らしきものを守衛に提示して、その奥へと消えて行った。

川重の兵庫工場は新幹線の製造基地として知られている。むろん、他にもさまざまな電車、貨車、機関車を作っている。納入先は世界各国に広がっているだろう。布川が製品の輸出業務に携わっていたとすれば、みすみの勤める海外貿易協会とも関わりがあるはずだ。

事務員のみすみと布川が何らかの形で知り合う可能性だって充分にあるのではないか。

幾ら考えても正確な答えが見つかるはずもなかった。

はっきりとした形にならない思いが、頭の中を深く、浅く駆け巡っている。

もう自分とみすみとは駄目なのだろうか？

こんな有様になってしまったいま、自分たち夫婦にやり直すすべなどあるのだろうか。

自分も、そしてみすみもそもそもそんなことを望んでいるのだろうか。

みすみは、待っているのかもしれない。病身の夫を放り出すわけにもいかず、ただじっと本復する日を待っているのかもしれない。

一昨日の深夜、布川の娘の手を取って歩いていたみすみの姿が脳裏によみがえった。コンビニの前で布川に抱き上げられた女の子の頭を撫でるその仕草が思い出された。

二人目の子を失って三年七か月が過ぎていた。以来、彼女は一度も妊娠することはなかった。震災があり、私の病気があったのだから子供どころではなかったという一面はある。だが、みすみもすでに三十三歳だ。妊娠の難しい体質だけに焦(あせ)りは募っているだろう。

女であるかぎり子供は産みたいに違いない。

私のような夫に愛想尽かしをするのは、考えてみれば当然だった。家計を支える力もなく、子種を提供する能力にも欠けている。結婚を継続するだけの価値がこれっぽっちもない。

みすみを責める資格が私にはなかった。

裏切りを幾ら責めてみたところで、彼女の気持ちがどんどん布川の側に傾いていくだけのことだ。

彼女を責め立てるのも、自分の方から詰め寄るのもやめておこう。

たったいまみすみに放り出されたら、私はどうやって生きていけばいいか分からない。

最低でも退院後半年は抗結核薬を服用しなくてはならない。再発の可能性もゼロではない。依然一人で生活できるほどの体力は備わっていなかった。

そして何よりも、みすみをまだ愛していた。

彼女の行為を許せるとは到底思えなかったが、その憎しみによって、これまでの愛情を完璧に否定できる気はとてもしなかった。

喜びに満ちた愛もあれば、悲しみに彩られた愛もある。賑やかな愛もあればさみしい愛だってあるのだろう。

たとえ悲しくてさみしい愛だったとしても、それはそれで立派な愛なのかもしれない。

盆休みに久々に須磨に帰った。

泰蔵や幸子と会うのは、入院以降初めてだった。

「元気そうじゃないか」

泰蔵は言った。

「ご心配をおかけして申し訳ありませんでした」

「俊彦君が謝ることとちゃうやろ」

義父は一笑した。

一泊した翌日、幸子とみすみは新開地に買い物に出かけた。午前中だけで店を閉めた泰蔵と二人きりでそうめんを茹でて食べた。みょうがと大葉を細かくきざんでつゆにいれた。

「みすみに男がいるようなんです」

そうめんをすすりながら言った。どうしてそんなことを口にしたのか自分でもよく分からなかった。何の感情の波立ちもないままに告げていた。

泰蔵は箸を止めて、

「ほんまか」

ぼそりと言う。

「はい。相手の名前も顔も分かっています」

泰蔵はしばらく無言だった。

「きみは別れたいんか」

と訊いてくる。

「よく分かりません」

そして、

「おとうさん、一つどうしても教えて貰いたいことがあるんですが」

と切り出した。今回、義父と二人きりになれたら是非確かめようと思っていたことがあった。

「なんや」

「みすみはどうして高校を中退までして、この家を出て行ったんですか。本人はおかあさんと折合いが悪かったからだと言っていますが、僕にはとてもそうは思えないんです」

「そうやろな」

泰蔵はあっさりと認める。

「あれが家出したんは、全部わしのせいや」

私は黙って次の言葉を待った。

「きみは雪江は知っとるな」

そこで泰蔵の口から意外な名前が飛び出した。どきりとした。

「はい」

「あの子とわしが関係してるんをみすみに知られてしもうたんや。しかも、この店の二階でそういうことになっとるんを見られてしもうた。最悪や」

私はあまりな話に喉（のど）が詰まったようになった。目の前の泰蔵と、よりにもよってあの雪江が男女の関係にあったなどとは信じようにも信じられない。

「ようけ似とるやろ」

泰蔵はさして恥じ入る風もなく淡々と喋（しゃべ）りつづける。

「雪江は死んだ女房にそっくりや。幸子と一緒になったあとも、どうしても忘れられへんかった」

遠くを見るような目で泰蔵は言う。

「幸子には気づかれんようにしてたが、まさか、娘に現場を押さえられるとは夢にも思ってへんかったわ」

私は何も感想を口にできない。

「どや、軽蔑したか?」

泰蔵が笑いかけてきた。

私は首を振った。

「みすみに見つかって、雪江は涙ながらにわしに手籠めにされたて言うたんやろな。あれはたいした玉やった。先に誘ってきたんは雪江の方や。ほんまの話や」

それから私たちは長い時間、黙り込んでいた。

ちゃぶ台の上の麦茶のボトルを取って、泰蔵は空になった湯呑に注ぐ。湯呑を持ち上げてゆっくりと一口麦茶をすすった。

「俊彦君」

私は顔を上げて泰蔵を見た。

「きみも、物書きの端くれならよう知ってるはずや。人間の心の中には魔物が棲んどる。あの頃のわしもそうやった。いまのみすみもそうなんやろ。きみの心にかて魔物はおるんや。わしにはきみたち夫婦のことはちっとも分からへん。分からへんが、要はその魔物に負けんようにしてほしい。わしに言えるんは、たった一つ、それきりや」

泰蔵はこちらの胸の内を見透かすような目でそう言った。

もう一泊していくというみすみを置いて、私はその日の午後に元町に戻った。

駅に向かう前に、ひさびさに須磨寺に詣でた。

本堂で合掌したあと、夏の光に洗われた境内を眺めた。

ちょうど一年前、ここでこうしているときに奇妙な風に吹かれた。

風は、ゴーッと音立てて、私の身体を一瞬で冷やしていった。

その晩から高熱が出て、それが結核の始まりだったのだ。

唐門をくぐり急な石段を下りる。源平の庭を右に見ながら参道を歩く。平敦盛と熊谷直実の一騎打ちの場面が玉砂利の広い庭に再現されていた。直実に討たれた敦盛はまだ十六歳だったという。

仁王門を過ぎて、いつものように龍華橋のたもとの山本周五郎の文学碑の前に立つ。

「あなた、生きている目的が分りますか」

「目的ですか」

「生活の目的ではなく、生きている目的よ」

生活の目的と生きている目的。いまの自分には、そのどちらもないと思う。

昼間、泰蔵が言っていたセリフが耳朶によみがえってくる。

「要はその魔物に負けんようにしてほしい。わしに言えるんは、それきりや」

それは存外、生きている目的になるのかもしれないという気がした。

周五郎の文学碑を離れて、龍華橋の反対側のたもとにある句碑へと近づいた。

三好兵六という俳人の句碑だった。

——夫婦とは　なんと佳いもの　向い風

この一句が石板に刻まれている。

みすみと一緒に初めてここに立ったとき、

「ねえ、これってどういう意味だろうね」

みすみが呟いた。

「向かい風にも二人で立ち向かえば、きっと大丈夫って意味だろう」

私は答えた。

だが、あらためて読んでみれば、全然違っているような気がした。

逆境に放り込まれたときこそ、夫婦の真価が試される。作者はそう言いたかったのではあるまいか。

夫婦とはなんと佳いもの向い風。口ずさんでみる。

夫婦とはなんと佳いもの向い風……。

いつの間にか瞳(ひとみ)から涙があふれてきた。

部屋に戻ると、私は、みすみを撮った写真やネガの入った段ボール箱を押入れから引っ張り出して、中身を可燃物用のごみ袋にすべて放り込んだ。「須磨」の物干し場で最初にみすみを見つけたときの写真とネガも入っていた。深夜、元町商店街までその大きな袋を運んで、ごみ置き場に捨ててきた。

次の日の晩、風呂(ふろ)上がりのみすみに声をかけた。

「そろそろ東京に帰ろうか」

タンクトップにショートパンツ姿のみすみが驚いたような顔で私を見る。

「一緒に帰ろうよ」

「でも」

困惑の色が彼女の表情に浮かんでいた。

「そろそろって、いつ？」

「このお盆休みが終わったらすぐ」

みすみは黙ってしまう。

「もしきみが帰りたくないなら、僕は一人で帰る」

そう言って、

「もう決めたんだ」

と付け加えた。

「ねえ、みすみ。僕と一緒に東京に帰ろう」

私はこのときほど誰かの顔を凝視したことはない。

「うん」

ほどなく、みすみは小さく頷（うなず）いた。

14　地蔵通り商店街

八月の末に私たちは東京に引っ越した。三年ぶりの東京だった。

日本は戦後最悪の不況に陥っていた。七月の参議院選挙で惨敗を喫した橋本首相は退陣し、七月三十日に小渕内閣が誕生した。巷では和歌山で起きた毒入りカレー事件が話題をさらっている。犯人とおぼしき女性の不気味な姿や突飛な言動が、連日ワイドショーで映し出されていた。

私たちが移り住んだのは中野の小さなアパートだった。中野といっても駅から歩けば十五分以上かかる場所で、西武新宿線の沼袋駅の方が近かった。

当座の生活費はみすみの貯金と、それに泰蔵が渡してくれた餞別でまかなった。

東京に帰ることにしたと電話で伝えると、翌日の夜、泰蔵はふらりと元町のマンションを訪ねてきた。

「すっかり世話になったな。せめてものお礼や」

と言って、まとまった金を置いて帰った。

みすみは中野駅前の小料理屋のバイトを見つけてきて、引っ越して五日目にはもう働き始めていた。働くことを苦にしない性格は私も同様だったが、みすみの方がより徹底していた。私はこのアパートでひたすら静養に努めた。

翌一九九九年（平成十一年）の一月十四日。

京都大学の学生、平野啓一郎が芥川賞を受賞したというニュースをNHKで見ている最中、携帯が鳴った。見知らぬ番号だったので普段は出ないのだが、そのときはなぜか通話ボタンを押していた。

耳に飛び込んできたのは十数年ぶりに聴く姉の声だった。

小金井の実家で一人暮らしをしていた母が心筋梗塞（しんきんこうそく）で亡くなったという知らせだった。

電話に出ない母を心配して昼過ぎに小金井を訪ねたら、居間で事切れていたらしい。

姉が数年前に結婚して実家を出たことをその連絡で初めて知った。方々の知人、友人に聞き回ってようやく私の携帯番号を入手したと言っていた。

「検死が終わって、おかあさん、たったいま小金井に戻って来たの」

明日が通夜(つや)、明後日が葬儀だという。

「へえ、そうなんだ」

私は聞くだけ聞いて、さっさと電話を切った。もちろん通夜にも葬儀にも顔を出すつもりはなかった。

「どうしたの？」

そばにいたみすみに訊かれて、母の死を告げた。

それだけ言って話を打ち切った。その場は彼女も何も言わなかった。

「僕には関係のない人だから」

翌十五日の夕方、みすみが黙って喪服を差し出してきた。佐伯さんが亡くなったときに三宮の紳士服店で慌てて買ったものだった。

「一緒に、おかあさんに会いに行こう」

みすみは言った。

姉はずいぶん変わっていた。小学二年の男の子と五歳の女の子の母親になっていた。夫だと紹介された人は穏やかそうで、言葉遣いの丁寧な人だった。三歳年長の姉は三十四になっていた。

みすみの手を取って、

「私たちは俊彦に何にもしてあげられなかったから、みすみさん、どうかどうかこの子のことをよろしくお願いします」

姉は涙ながらに繰り返していた。

実家での通夜、葬祭場での葬儀ともに出席し、火葬場でみすみと一緒に母の骨を拾った。涙はまったく出なかったものの、無理やりのように葬式に連れて行ってくれたみすみには内心感謝していた。

半年と決めていた中野のアパートでの静養期間が二月いっぱいで終わった。

三月初めに都内の病院で定期検査を受け、抗結核薬の服用をやめていいとのお墨付きも医師から貰った。

私はさっそく仕事を探し始めた。

ちょうどその頃、みすみが働いていた駅前の小料理屋の主人から、江戸川橋近くのおでん屋が空いたのでやってみないかという話が持ち込まれた。その店はかつて雇っていた若い板前が数年前に開いたのだが、今度、彼が実家のある岩手に戻ることになって閉店を余儀なくされたのだという。客筋もよく、繁盛もしていたので誰か信用のできる人がいれば居ぬきで借りてほしいのだが、と主人は相談を受けていたのだった。

「みすみちゃんだったらうってつけだと思ってね、って言われちゃったのよ」

まんざらでもない顔でみすみはアパートに戻って来た。

物件は先方の持ち物なので借りるとなると月々の家賃を支払わなくてはならないが、店をそのまま使えること、店の二階が住居になっていることなどは好条件だった。

「みすみがやりたいんなら思い切って決めようよ」

私は言った。

少しばかり母の遺産が入ることになったので、それを開店資金に回すことができる。

「いいの？」

みすみは顔をほころばせた。

「もちろんさ」

私は請け合った。

仕事探しでまず最初に頼ったのは、札幌にいる大神さんだった。

「東京に戻ったんなら、僕の同期や先輩が渋谷の〝本社〟に何人かいるから、さっそく頼んでみるよ」

彼の紹介でバラエティ番組のディレクターに会った。神戸時代に書いたラジオ台本を何冊か持って行って渡した。

「子供向けの番組をやっている人間やラジオの連中にもあたってみますよ」

愛想よく応対してはくれたが、しばらく経(た)っても連絡は来なかった。

三月の終わりにS社の今西さんに電話した。佐伯さんの葬儀の際に貰(もら)った名刺の番号にかけると別の人が出てきて、「今西はいまは写真誌の編集部です」と言われ、電話を回された。

電話に出た今西さんは、私の声を聞いて、「ああ、中林さん」と懐(なつ)かしそうな声になった。東京に戻って来たのだと告げると、「だったら会いましょうよ」と向こうから言ってきた。

翌日、神楽坂にあるS社のロビーで会った。彼と会ったのは二年前の佐伯さんの葬儀の折の一度きりだったが、顔を合わせると懐かしかった。髭面(ひげづら)に黒縁眼鏡は変わらない。

「あのときは、せっかくのルポの仕事を断ってしまって申し訳ありませんでした」

開口一番、詫びを言った。今西さんは恐縮したような表情になって、

「こちらこそ、ゲラにまでなっていた原稿をお返しするようなことになって、中林さんには本当に申し訳ないことをしたと思っていました。僕はとてもいい作品だと思ったのですが、経緯はあのときお話しした通りでして。詫びなきゃいけないのはこちらの方です」

と返してきた。

写真誌に異動になったのは去年の四月だったようだ。

「もう写真誌ブームもすっかり去って、御承知の通り、部数も全盛期に比べると見る影もありません。正直、あとどれくらい持ちこたえられるかって感じですね」

聞いてみると、今西さんは入社してすぐにいまの写真誌に配属されたのだそうだ。五年近くやって週刊誌に回り、それから文芸畑へ転身したのだという。

「佐伯さんのことはすごく尊敬していました。うちの会社にとってあの人を失ったのは大きな損失だったと思っています。いまの編集長とは週刊誌時代は一緒にやったこともあるんですが、中林さんの作品のことだけでなく、あれこれ対立することが多くて、それで去年、古巣に戻されてしまったんですよ」

今西さんは会社の事情もあけすけに話してくれる。

「ところで、中林さんはあれからどうされていたんですか」

問われるままに『快挙』をボツにされて以降の話をかいつまんで披露した。

すると、今西さんが予想外の言葉を口にした。

「僕の姉も十年前に結核になったんです。五つ上の姉だったんですが、発見が遅れてしまって、結局亡くなりました」

そのお姉さんの話を聞いてすぐに、牧野高原病院で一緒に入院していた塩谷さんの顔を思い浮かべた。

今西さんは「それは中林さん、本当にたいへんでしたね」としきりに繰り返した。

そして別れ際に、

「うちの雑誌のアンカーの仕事だったらすぐにお願いできるんですが、そういう仕事はやっぱりやりたくないですよね」

と言ってきたのだ。

「僕でよければ、その仕事、ぜひやらせてくれませんか」

今度こそ、今西さんの誘いに飛びついた。

原稿を書いて稼げるのであればどんな仕事でもやると強く決心していた。

四月半ばに江戸川橋に引っ越した。

地蔵通り商店街というちょっと名の知れた商店街の端っこに店はあった。商店街を真っ直ぐ飯田橋方面へと進むと、数多くの印刷所や製本所、取次大手のトーハン本社などが建ち並んでいた。その工場街から南に坂道を上っていけば十分も経たないうちに神楽坂の商店街にぶつかった。そういう点では、江戸川橋という より神楽坂に引っ越したと言った方が分かりやすくもあった。

かなり古い民家を改装した店で、築三十年以上の物件だった。

ただし、五年ほど前に店舗部分だけでなく二階にも大幅なリフォームを入れているので外観も部屋の中も見たところ新しかった。二階は六畳の和室が二間に四畳半の洋室がついていた。それに風呂、洗面所、トイレ。台所はなぜか下にしかなかった。

それでも月島の店よりはずいぶんと立派だった。

小さな会社や印刷所、工場がひしめいている町のまっただ中で、店の立地としても申し分なかった。

それにもう一つ。神楽坂駅のすぐそばにあるS社にも歩いて通うことができた。

開店は五月連休明けだった。

前の店の屋号は「甚平（じんべい）」というのだったが、みすみは引き継がなかった。

開店前日、彼女は引っ越し荷物の中からあの暖簾(のれん)を取り出してきた。

「まさか、これをもう一度お店に掛けられるなんて思ってもいなかったわ」

暖簾を客席の卓上に広げて、彼女は感慨深げに言ったのだった。

15　人生の快挙とは一体何だ

退院から一年が過ぎ、夏を迎えた。

新しい「須磨」は繁盛していた。前の店はおでん専門だったそうだが、料理上手のみすみは季節の食材を使った小鉢料理から焼き鳥まで何でもこなしたから客層はぐんと広がったようだ。コの字カウンターにテーブル席が三つという店構えだったが、連日満員の盛況ぶりだった。

開店して一か月でアルバイトの女の子を雇い、二か月目にはもう一人雇った。

私の方は四月からさっそく写真誌のアンカーの仕事を始めていた。

S社の写真誌は金曜日発売で、原稿の締切は毎週火曜日。急な大事件や大事故が発生したときは水曜日の夜までぎりぎり引っ張ることができた。

アンカーというのはアンカーマンの略で、取材記者が集めてきた情報をもとに記事をまとめる役目の人間のことだった。

写真誌の場合は、出来上がった写真に、短いが小技の利いた文章を添えることになる。草分けと言われるS社の写真誌は、写真のみならずそのシニカルな文章が売りだったこともあり、千字足らずの原稿であっても相当の着想と工夫が求められた。

やり始めてみて、自分がこの仕事にものすごく向いているのに気づいた。写真をかじった経験がこんなところで生きるとは思ってもみなかった。

私の文章は内外で好評で、最初は火曜日の夕方に編集部に顔を出して、隅っこの机で一本原稿を書き、夜の九時過ぎにはS社を出るというあんばいだったのが、梅雨が始まる頃には、毎週二本から三本の原稿を書き、帰宅は深夜におよぶこととなった。

そして、その梅雨が終わる頃には、水曜日にも緊急で呼び出されて原稿をまとめることが再々で、結局、火曜、水曜ともに夕方から深夜まで編集部に詰めるようになった。

アンカー仕事は本数をこなせばまとまった収入になる。まして、週刊誌のアンカーであればそれで食べていくのも不可能ではない。私の場合も、数か月後にはそれなりの月収を確保できるようになっていた。

周囲は会社ばかりで民家は少なかったから、月島時代と違って「須磨」は土日連休だった。その代わり、みすみは昼の定食を始めた。サラリーマンや職工さんがたくさん集まる街とあってランチの需要は大きい。

「儲けよりもお客さんの開拓が一番かな」

そう言っていたが、味がしっかりしみたおでん定食は、ご飯のお代わり自由で六百円という安さも手伝って大人気となった。他にも出汁巻定食、焼き鳥定食、コロッケ定食など、どれも六百円で、「須磨」は昼間も大繁盛だった。

土日は二人で都内をよく歩いた。

月に一度は車を借りて遠出もした。

おいしい店があれば連れ立って食べに行き、息抜きがしたければ近場の温泉に一泊で出かけた。神楽坂に行きつけの店が何軒かできて、土曜日の晩は食事の後によく飲みに行った。

性生活も充実していた。三十半ばとなって、みすみの身体はまさに脂がのりきっていた。折り重なると互いの肌と肌とが自然に吸いついてしまう。私はその身体が愛おしくて仕方がなかった。セックスをしない夜も、背後からしっかりと抱きつき、乳房に触れながら眠りについた。小ぶりの、形のよい乳房が相変わらず大好きだった。

避妊はしていなかったが、みすみは妊娠しなかった。

それはそれでいいと二人とも受け入れ始めていた。

「前世の私はきっとすっごい子沢山で、子育てに追い回される人生だったのよ。だから今回は神様が子育ては免除してあげようって決めたんだと思う」

たまにそんなことを言った。

私の方は、子供が欲しいと思ったことはなかった。育った家庭が家庭だっただけに、家族を信じる気にはどうしてもなれない。信ずるとすれば夫婦の絆(きずな)だが、夫婦だってたいがいは赤の他人同士に過ぎないと思っていた。

神戸での出来事があって以来、みすみを完全に信ずる気持ちは消えてなくなった。

だが、その一方で、みすみを奪われずに済んだというある種の達成感があった。

――この女は俺の女だ。

彼女を見るとしばしばそう思った。

みすみの方にもその裏返しのような感覚があったと思う。

――結局、私はこの人の女なのよ。

いまにして振り返れば、地蔵通りに転居してからの数年間は、私とみすみにとって最も穏やかな日々だった。

アンカーを始めて三年目の二〇〇一年（平成十三年）二月。S社の写真誌が廃刊になった。

ときどきゴーストライターをやったりはしていたものの、ほとんどの稼ぎをアンカー仕事に頼っていたため、一気に収入の道を断たれてしまった。

急転直下の廃刊決定で、編集長が通告されたのは廃刊のわずか二週前という有様だった。

打撃を受けたのは、フリーのカメラマンやフリー記者、私のようなフリーライターだった。社員編集者たちは別の部署に異動するだけだし、給料が大幅に減らされることもない。

カメラマンや記者の中には、会社側に最低限の所得補償を求めようと言い出す者もいた。が、フリーを信条としている人間たちが一つにまとまるはずもなく、一律十万円という慰労金だけで全員が解雇となった。三十三歳と若く、子供もいなければ繁盛店を切り盛りしている妻もいる私などは一番恵まれている方だったが、かつては世間を騒がすスクープ写真を次々とものにし、この仕事だけで二十年以上食ってきたようなベテランカメラマンやフリー記者たちは、突然の成り行きに茫然自失のありさまだった。

最後の号を校了した夜に開かれた打ち上げは惨憺たるもので、責任を感じた編集長が皆の前で土下座するという愁嘆場に発展した。

明け方になると全員が泣いていた。そういう場面に遭遇するのは生まれて初めてだったが、私も気づけば涙を流していた。

仕事を失くしてもみすみは例によって何も言わなかった。

そろそろ小説に専念したら、とも言わないし、そのうちまたいい仕事が見つかるわよとも言わない。日がな店の二階でぶらぶらしていても当たり前の顔をしている。

小説を忘れていたわけではなかった。

アンカーの仕事は週に二日だったので、残りの五日はほとんど毎日、仕事部屋にしている四畳半の洋室で書いていた。だが、これという作品は書けなかった。腕を磨こうと短編を何本か仕上げようとしてみたり、はたまた千枚を超える長編に挑んでみようと試みたり、思いつきであれこれやってみるのだが、ほとんどは挫折した。

火曜、水曜の編集部通いがなくなっても、遮二無二書きたいという欲求は起きない。

ようやく執筆に専念できるという喜びも薄かった。

私は小さな頃から何者かになりたかった。

自分は本当はすごいんだ、絶対にすごいんだと自らに言い聞かせてきた。

それは夢や希望といった明るいものではなく、むしろ身を焦がす切迫感に近いものだった。

何者かにならなくては生きている意味がない。生きる資格がない。

大学三年で写真雑誌の新人賞を受けてから、そうした思いはますます熾烈になった。みすみと出会って以降も、常に追い立てられるような気分から自由になれなかった。

そんな自分自身が変わったのは、やはり結核で入院したあとからだ。

佐伯さんに死なれ、作家デビューの夢が潰え、結核になってしまった。早ければ二か月、遅くても三か月もすれば治癒のめどが立つと言われて入院したが、病状は一進一退で容易には好転しなかった。耐性菌の恐怖におびえ、このまま死んでしまうのではないかと悲観した時期もあった。

かろうじて一命をつないだものの、気づけば、今度は肝腎のみすみを失う寸前に追い込まれていた。

それからは、人生の快挙とは一体何だろうと私はときおり考えるようになった。

私にとっての人生の快挙とは何だったのか？

真っ先に思いつくのは、やはり月島の路地裏でみすみを見つけたことだった。もっと具体的に言えば、彼女に巣食っていた疲労感を察知できたことであり、この人と一緒に生きようと瞬間的に覚ったことであり、写真をすぐにプリントして月島に取って返したことであり、二度目に訪れた際、ずるいと言われてさっさと席を立ったことだった。

なけなしの一万円をカウンターに置いて出ると私はとぼとぼと夜の小道を歩いた。しばらくして後ろからぱたぱたとサンダルの音が聞こえてきた。

その足音を耳にして私は歩みを止め、振り返った。

あの瞬間はまさしく人生の快挙だった。

だが、それよりもさらに価値ある快挙を私はすでに成し遂げていた。

いまになって思うのは、私が自暴自棄を起こしてみすみを責め立て、不実を詰っていれば彼女と一緒に居つづけるなどあり得なかったということだ。

布川父子と共に生きる人生がみすみには確実にあった。

ほんの短い時間だったが、布川という男をそば近くで観察して、彼や彼の娘と共に生きる方がみすみにとって幸福ではないのかと私自身でさえ迷った。

みすみ本人の逡巡（しゅんじゅん）はいかばかりだっただろう。

だが、みすみは私との人生を選んだ。

「僕と一緒に東京に帰ろう」

と言ったとき、みすみは「うん」と小さく頷いた。

あの瞬間こそが、私の人生にとっておそらく二つとない快挙だった。

写真誌の廃刊から四か月ほど過ぎた二〇〇一年の六月、週刊誌に異動していた今西さんから連絡が来た。「折り入って相談がある」と言われて、翌日、久しぶりにS社の門をくぐった。

今西さんは副編集長になっていた。用意してきたA4の紙を差し出して、

「新しい企画なんだけど、ぜひ中林さんに参加してほしいんだ」

彼は言った。

16　左の乳房

二〇〇三年（平成十五年）九月一日月曜日。

「闇の決算書」を書き終えたのは朝方だった。

この仕事を始めてすでに二年以上が過ぎていた。いまや名物企画となり、読者の反響も大きい。その分、執筆には全力を傾注しなくてはならない。現実の事件を取り扱っているものの、それはあくまで下敷きであって、中身は純然たるフィクションだった。しかし、フィクションとはいっても、読み始めるや否や「ああ、例の事件か」と読者に思い当たらせねばならず、読了後には、あの事件にはこれほどの深い闇が横たわっていたのかと感じ入ってもらわねばならない。

「現実とも非現実ともつかない、そのかすかなあわいにこのヤミケツの魅力があるんだ」

とは、今年ついに編集長に昇格した今西さんの口癖だった。

その分、モデルとなった事件の関係者から訴訟やクレームなどを招かぬよう細心の注意を払う必要もあった。ヤミケツとはむろん「闇の決算書」の略だ。

今週の素材は、先月初め、宮城県のとある町で十六歳の女子高生の遺体が見つかった事件だった。女子高生は群馬県高崎市にある名門進学校の生徒だった。その彼女がどうして東北の田舎町で変死体として発見されねばならなかったのか。足取りや交友関係が明らかになるにつれてワイドショーで大きく取り上げられ始めた。

二週間後には女子高生の携帯を所持していた二十七歳の無職の男が死体遺棄容疑で逮捕された。例によって流行の出会い系サイトで、何の接点もなかったはずの二人は知り合っていた。

出会い系サイト規制法が六月に成立し九月中旬に施行されるとあって、さほど目新しい事件でもなかったが「闇の決算書」で扱うことになった。

取材班のメンバーが犯行のあった小さな町に入り、容疑者のかつての恋人を見つけ出した。彼女の口から容疑者の異様とも思える性癖が暴露され、その克明な証言が今週の売りだ。

「闇の決算書」は毎号のアンケート調査でも常に上位三位以内をキープしており、いまでは専属の取材記者二人と潤沢な取材費が投入されていた。記者は二人とも写真誌でエース格だったベテランで、私や今西さんとも昵懇の間柄だ。今西さん同様、二人は「須磨」の常連でもあった。

プリントアウトした二十五枚ほどの原稿を読み直し、机の引き出しにしまった。一度仮眠をとってから再度読み返し、そこから五枚分を削る。そうやって原稿を完成させるのが最近の私の流儀だ。

時刻は午前五時を回ったところだった。

一階に下り、瓶ビールとグラス、小鉢を二つ冷蔵庫から取り出して、きれいに磨かれたカウンターの前に座った。

冷えたビールを小さなグラスに注いで一息で飲み干す。

今日の小鉢はさんまの山椒煮と胡瓜と焼き穴子の酢の物だ。

みすみは寝る前に二つか三つ、酒の肴を用意しておいてくれる。

ヤミケツを書き上げたあと、みすみの手作りの酒肴をつまみながらこうしてビールを一本空けるのが毎回一番のたのしみだった。

今西さんから企画を持ち込まれたときは、「三人のライターの一人として参加して欲しい」という話だった。あとの二人はS社の文学新人賞の受賞者で、たまに文芸誌に作品を発表している作家だった。半年経ったところで一人が抜けて二人体制になった。そのあたりから記事の評判が上がってきた。

いまは私と花隈（はなくま）さんという五十がらみの作家さんの二人で一週おきに書いている。担当編集者の山形さんや専属記者の大場さん、近藤さんたちの話では、花隈さんの回よりも私の回の方が人気が高いらしい。これはまんざらお世辞でもなく、四月に今西さんが編集長になると、

「中林さん一人で毎週書くのはやっぱり無理かなあ」

と打診を受けた。たった一人で二十枚の読み切りを、しかも事実に即した物語構成で毎週面白く仕上げていくのは至難の業なので、その申し出は断るしかなかった。

月に二本から三本のペースだが、写真誌の短文と違って、一本を完成させるのに最低でも一週間はかかった。データ原稿が不満足なときは追加取材を頼んだりもするので、場合によっては十日以上の時日を費やすこともある。

一年中、このヤミケツに私はかかりきりだった。

その分、ギャラは破格で、みすみの稼ぎをあてにしなくとも夫婦二人なら充分やっていけるくらいの収入は得ていた。

三十分ほどかけて残りのビールをゆっくり飲み干し、小鉢を洗い、カウンターを拭き直してから私は二階に上がった。歯を磨き、顔を洗って、トランクスとTシャツ姿になって寝室に行く。布団の上で寝息を立てているみすみの右隣に寝そべり、身体に巻いているタオルケットを引き剝がして身体を密着させた。

いつものように背中越しに薄いパジャマの襟元を割って、みすみの乳房を右手でまさぐる。

乳房はうっすらと汗をかいている。しっとりとした感触が掌に伝わってくる。身体は熱を帯びているが、乳房はそれほどでもない。むしろひんやりする。ゆっくりと乳房全体を揉みしだく。乳首をつまむと嫌がるのは分かっているので、乳房だけに集中する。

そうやって右の乳房を念入りに揉み、さらに腕を伸ばして左の乳房に掌をかぶせた瞬間だった。中指の腹にかすかな違和を感じた。

慣れっこのこととてみすみは安らかな寝息を立てている。ぴくりともしない。

私は彼女の身体をもっと引き寄せ、さらに念入りに左の乳房を探った。さきほど違和を感じたあたりに触れると、突起物のようなものが指の腹に当たる。左の乳房の乳暈の下端から一センチほどおりた場所だった。中指と人差し指で小さな円を描くように撫でるとたしかに豆粒大のしこりのようなものがあった。

何だろう？

訝しみながらも、最悪の想像はすでに意識の表面で形になりつつあった。

みすみを起こしてちゃんと調べてみようかと迷った。だが、なにぶん私の方が疲労困憊していた。今回の原稿はいつになく手こずり、この三日間、ろくに眠っていなかった。

引き剝がしたタオルケットをみすみと自分の身体にかけて、とりあえず一眠りする方を選んだ。

昼過ぎに起き、机の引き出しから原稿を抜いて、青のボールペンで不要な箇所を大胆に削ぎ落としていく。今朝方のことはとりあえず頭から追い払って目の前の原稿に集中した。

二時間ほどで推敲が終わると、あらためて画面上で打ち直し、データの入ったフロッピイディスクを持って外に出た。「須磨」はちょうどランチタイムが終わったところで、みすみとバイトの女の子二人が夜の仕込みに精を出していた。

編集部を訪ね、山形さんにフロッピイを渡したあと編集長席に近寄って声をかけた。

「ちょっと相談があるんだけど」

私は空いている椅子（いす）を引き寄せて、今西さんの正面に座った。

「どうしたの」

「乳がんの専門医で腕のいい人を紹介してくれないかな」

この一言で今西さんの顔色が変わった。

「みすみさん、乳がんなの？」

信じがたいという表情になっている。それはそうだろう。週に一度か二度は必ず「須磨」に顔を出して、みすみともいまや友達付き合いをしているのだ。

「まだ分からないし、本人には何も言ってないんだけど、今朝、あいつのおっぱいを触ってたら変なしこりがあるんだ。もう三十八だし、その可能性だってかなりあると思ってね」

「まさか」

今西さんは言い、

「だけど、だったら最初から腕の立つ医者に診せる方がいいね」

と付け加えた。私が眠るときにみすみの乳房を触っているというのは、酒席でよく披露している話だった。

「誰か心当たりある？」

「直接の知り合いはいないけど、編集部の連中に声をかければ絶対に見つかるよ」

「じゃあ、頼んでいいかな」

「もちろんだよ。今日中に見つけとくよ」

今西さんは顔を引き締めて頷いた。

その晩、風呂上がりのみすみの乳房を念入りに調べた。

医学事典に「乳がんの自己検診法」が載っていたので、それを応用してみた。

〈右手の真ん中三本の指を合わせて、乳頭を中心にしてゆっくりと内側から外側へと時計回りに触って下さい。かたまりや小さなしこりがないかを確認しましょう。〉

触ってみると、今朝と同じように、みすみの左の乳房の下部には小さなしこりがはっきりとあった。

「もうすぐ生理だからじゃないかなあ」

そう言いつつ、みすみ自身も不安は拭(ぬぐ)いきれないようだった。彼女もこんなしこりを見つけたのは初めてだった。

「きみのおっぱいのことは僕の方がずっと詳しいからね。だけど、まだ小さいし、万が一がんだったとしても間違いなく早期発見だよ」

気休めを言うわけにはいかないので、私は「がん」という言葉をそのまま口にした。

「とにかく、専門の病院でちゃんと検査をしてもらおう」

三日後の九月四日、信濃町にある大学病院の乳腺外来で検査を受けた。日本における乳房温存療法の提唱者で、乳腺外科の第一人者と言われる医師を今西さんが紹介してくれた。

当時すでに日本でも普及し始めていたマンモグラフィー、超音波エコー、MRIによる検査が行なわれ、私たちは診察室に呼ばれた。

コンピュータの画面にそれぞれの画像を映し出しながら、医師はていねいに説明してくれた。そして最後に、

「最終的には細胞穿刺をしないと確定できませんが、ほぼ間違いなく乳管がんだと思います。ただ、今日の画像データで見る限り、リンパにも他臓器にも転移している様子はないし、がんそのものも乳管にとどまっています。大きさも小さい。手術で取り除けば、間違いなく完治できる段階だと思いますよ」

と彼は言った。

早期発見とはいえ、がんだったことにショックを受け、私が何も言えないでいる

と、

「じゃあ、先生。さっさと切っちゃって下さい」

みすみは落ち着き払った声で言った。

17 新装開店

がんの診断から一か月後の十月三日、みすみは、信濃町の病院で乳房温存手術を受けた。

腫瘍（しゅよう）は二センチ以下と非常に小さく、手術は成功裏に終わり、乳房の変形も見た目には分からないくらいだった。

回復も順調で、二週間足らずで退院した。その後、術後の放射線治療が行なわれ、週五日間、一か月半にわたって通院した。温存手術と放射線治療は併せて一つの治療法と考えられている。

放射線治療中もみすみは「須磨」を休まなかった。それどころか入院中も店を開けていた。アルバイトの子が連日入ってくれて、昼の定食だけを休んで、夜は通常通りに営業した。

病気のことは誰にも言わなかった。知っているのは今西編集長や記者の大場さん、近藤さん、それに担当編集者の山形さんといったヤミケツの面々くらいだった。須磨の義父母にも連絡はしなかった。

後遺症が出始めたのは、年末あたりからだった。

御用納めの数日前だったと思う。朝、みすみの左腕が腫(は)れ上がっていた。

「ヒックン、ちょっと来てー」

洗面所から聞こえてくる大声で私は目を覚ました。仕事場の簡易ベッドで眠っていた。退院後はたまにそうやって仕事場で仮眠を取るようになっていた。

慌(あわ)てて行ってみると、みすみが真っ青な顔で洗面台の前に立っていた。「ほら」と左腕を突き出されて私も仰天した。腕の太さが倍くらいになっていたのだ。

痛みも何もなく、みすみも鏡で見るまで気づかなかったという。

「歯ブラシを取って、なにげに見て、卒倒しそうになっちゃった」

術前の説明でも、まれにリンパ浮腫を起こす患者がいるという話は聞いていた。しばらくは警戒していたが、何もないので安心していた。医師によると、半年や一年経ってから突然浮腫に見舞われる人もいるそうだが、注意すべきは手術直後だろうと勝手に決め込んでいた。左腕を動かすリハビリも怠りがちだった。

「毎日、店でお料理作ってるんだから、それが私のリハビリよ」

みすみもすっかり高をくっていた。

当時の乳がん手術では、たとえ温存手術であっても腋窩リンパ節の廓清は標準的だった。リンパ節を切除してしまうためリンパの流れは阻害され、患者によっては腕が腫れ上がったり、手がグローブのようになったりすることがあった。さらに深刻なのは、リンパの欠如によってもたらされる腕全体の免疫力の低下だった。傷が治りにくくなって、それこそ日焼けや虫刺され程度でも薬が効かない状態になる場合もあるらしかった。

このリンパ節廓清は、再発防止につながらないことが証明され、いまではほとんど行なわれなくなっている。

浮腫はさいわい左腕だけだったので、無理をすれば店に出ることはできた。

年末を乗り切って、正月休みは二人でのんびり過ごした。

年明けからは、時間を見つけてはみすみの腕をマッサージするようになった。指先から心臓に向かって溜まったリンパ液を押し出すようにじっくりと揉んでいく。最初はさほど効き目がなかったが、マッサージ法に改良を加え、次第に効果を発揮するようになった。弾性スリーブというストッキング状のもので腕を圧迫したり、整体院でプロのマッサージを受けたりもした。

浮腫が起きてからは、みすみは着物で店に立つようになった。むくみがひどいときは袖口(そでぐち)を絞った割烹着(かっぽうぎ)で目立たなくしていた。

初期の乳がんということで再発の危険性は高くなかったし、手術そのものはうまくいった。店を閉じることもなく、毎日ちゃんとカウンターに立っていた。

それでもみすみの体調は手術をする前とではずいぶん違っていた。疲れやすく、夜は入浴をすませるとすぐに寝床に入った。土日の遠出はいつの間にかしなくなった。神楽坂をぶらぶら歩いたり、日本橋のデパートに電車で行ったり、せいぜいそれくらいだった。

神田川沿いの江戸川公園はよく二人で散策した。たまに椿山荘(ちんざんそう)の日本庭園を抜けてフォーシーズンズホテルのラウンジでコーヒーを飲んだ。音羽(おとわ)通りを真っ直ぐ歩いて護国寺まで足を延ばすこともあった。

私は一人で散歩するときも、よく護国寺に詣(もう)でた。広い境内は人気が少なく、都会のただなかとは思えないほどいつも静かだった。

世は不景気にあえいでいた。国内消費は冷え切り、市場はデフレの波に溺(おぼ)れていた。為替だけが円高で推移し、それがますます製造業の首を絞めていた。小泉首相の「改革なくして成長なし」のスローガンは経済実態をまったくと言っていいほど反映しておらず、イラクを潰したブッシュ政権は巨額の財政赤字に喘いでいた。バグダッドでは連日のテロによって米軍兵士の命が失われつづけていた。

不況の定着で「須磨」の客足も徐々に減り始めていた。昼の定食は春先にやめてしまった。みすみの体調の問題もあったが、それより何より、六百円の定食ではもはや安さを売りにできなかった。ワンコインランチが当たり前の時代になっていた。

結核で入院した経験から、体調が元に戻るのに最低でも一年はかかるだろうと見ていた。そのあいだは無理をさせないようにしなくてはならない。昼を休むと決めたのも、客足が減って早目に店じまいする日が多くなったのも、みすみの回復にとっては決して悪くはなかった。

「闇の決算書」はますます好評だった。「闇の決算書——男と女」、「闇の決算書——栄光と挫折」、「闇の決算書——金と欲」といった特集ワイドがたびたび組まれ、そのたびに定期連載とは別個の新作を依頼された。

店の収入はかなり減っていたが、私の稼ぎで暮らしはいままで通りに成り立っていた。

夜ごと、みすみを布団の上に寝かせて左腕のマッサージをした。半年もつづけているとそれが習慣になった。術後一年を過ぎた頃から、むくみは滅多に起きなくなった。腕が腫れていないときは全身のマッサージをした。

「こうやって身体を揉んでもらっていると、やっぱり私って姉さん女房なのかなあって思うんだよね」

とみすみはよく言った。

私はずっとその言葉の意味が分からなかった。だいぶ経って理由を訊いてみた。

「だって、本当は旦那さまの身体を揉んであげるのが奥さんの仕事でしょう」

みすみは、そんなことがどうして分からないんだという顔になっていた。

二〇〇五年の節分明け、「須磨」は改装工事を行なった。岩手にいる大家に了解を取りつけて、カウンターを残して、テーブル席を三つから二つに減らし、それぞれを個室に仕立てた。間仕切りの襖を取っ払えば二間の個室はひとつづきになり、宴会にも使える広さになった。

これはもともとは今西さんのアイデアだった。前年の秋に離婚した今西さんは、それまで以上に通い詰めていた。よほど忙しくない限りは、夕食は「須磨」で食べていた。二階で原稿を書いている私とは顔を合わせるでもなく、みすみの手料理を食べてさっさと編集部へ戻って行った。

みすみは今西さんの体調を考えて、日替わりで栄養の偏(かたよ)らない食事を用意していた。

その今西さんが、

たまに今西さんはみすみのことが好きなのではないのか、と思うことがあった。

「ここで宴会ができるんだったら、幾らでも客を紹介できるんだけどねえ。思い切って改装してみたら」

と言い出した。みすみはそのアイデアに飛びついたのだった。

「この不況で、宴会なんてそうそう入らないんじゃないの」

私はやんわりと反対したが、

「どうせこのままだと店はジリ貧だもん。一か八かだよ」

みすみは案外強気だった。それだけ体調が戻ってやる気が出てきたのかもしれないし、若くしてがんになってしまった運気の流れをここで思い切って方向転換させたかったのかもしれない。

新装開店は三月一日だった。

びっくりしたのは、みすみが開店と同時に全席禁煙の大きな看板を店頭に掲げたことだった。寝耳に水で、私は看板を見て呆気にとられた。

「何、これ」

「すごいでしょう。煙草を吸っちゃいけない小料理屋なんて結構めずらしいと思うよ」

みすみはしてやったりの笑みを浮かべた。

とにかく煙草が苦手だから、いつか必ず禁煙の店にしたかったのだという。

その年の六月、書籍の編集部に異動していた山形さんから「闇の決算書」を書籍化したいという話が舞い込んで来た。山形さんは四月に出版部に移ったばかりだったが、さっそく部長の了解を取りつけたのだという。

むろん私は二つ返事で承知した。もう一人の筆者である花隈さんも当然OKだった。私は二点だけ条件をつけた。一つは単なるヤミケツの集成にはせず、中身を厳選した傑作選にすること、もう一つは単行本にするにあたって徹底的に原稿に手を入れさせてもらうということだった。山形さんは了承してくれた。

「著者名のことなんですけど」

最後に彼女は言い出しにくそうに言った。

「中林さんと花隈さんの連名にしようという案と、もう一つ、週刊S『闇の決算書』取材班にしようという案の二案が出ているんです。最終的には部長とその上の局長の判断になるんですけど、万が一、取材班の名前になったとしても出版を認めていただけるでしょうか。もちろん印税はすべて中林さんと花隈さんにお支払いするつもりでいます」

誌面では「中林俊彦」と花隈さんのヤミケツ専用のペンネーム「花輪淳一郎」が、担当した回ごとに作者名として入っていた。それが書籍化されたとたんに取材班の名前になるというのはいささか納得できないものがあった。

「花隈さんは何て言ってるんですか？」

私は訊いた。すると山形さんはさらに言いにくそうな表情になり、

「花隈さんは、どちらかというと取材班の名前にしてほしいみたいなんです。そもそも小説家とヤミケツの筆者とは使い分けているし、本にするのは自分の作品だけにしたいからっておっしゃっていて……」

この山形さんの一言は私の胸に深く突き刺さった。

そんな腰の据え方だから花隈さんのヤミケツはピリッとしないのだと真っ先に思った。だが、その一方で、現実の事件を材料にしてあることないこと面白おかしく肉付けした文章を、曲がりなりにも作家である花隈さんが自分の作品と認めたくな

い気持ちもよく理解できた。

「僕は別にどっちだっていいよ」

気づいたら半分笑いながら、そう答えていた。

18　ベストセラー

ヤミケツは十一月に出版された。著者名は結局、私と「花輪淳一郎」になった。書名は『闇の決算書――光よりも美しい物語』。初版八千部だった。

十一月の初め、山形さんから見本ができたと連絡があった。受け取りに行くと言ったのだが、「須磨」まで持って来てくれた。昼どきで客はいなかった。がらんとした店内で、山形さんが紙袋から本を取り出して、私とみすみの両方に手渡してくれた。

中林俊彦という著者名が大きく刷り込まれている。

小説と呼ぶにはおこがましい実録読物なのかもしれない。それでも私は、全身全霊で改稿作業にあたった。内容には自信があった。

私にとって初めての本だった。中林俊彦という名前で最初の応募原稿『快挙』を書いて以来、実に十二年の歳月が流れ去っていた。

ようやく一冊の本を世に問うことができた。

そう思うと心底嬉(うれ)しかった。

みすみは例によって本を神棚に供え、朝晩掌を合わせて、「どうか売れますように」と祈っていた。

夜になると、化粧を落とした顔で炬燵(こたつ)に足を突っ込み、本を手元に置いて、

「中林俊彦かあ、ねえ、私の旧姓って何だっけ？」

と毎回、言った。

「中林だろ」

私が律儀(りちぎ)に答えると、

「そうだよね、中林みすみだよねえ」

独り悦に入っていた。

最初の一か月はあまり売れなかった。

年末くらいから少しずつ動き始めた。

年明け早々に三千部の重版が決まった。担当の山形さんはさすがに喜んでいた。

そのあともじわじわと売れつづけ、版を重ねていった。

五月には累計（るいけい）二万五千部に達し、ここで山形さんが宣伝部に掛け合って、読売の朝刊に半五段の大きな広告を載せた。これで火がついた。以降は一万部単位で増刷がかかっていった。

傑作選とはいえ、収録された二十本のうち十四本は私の作品だった。山形さんからは本数に従った印税率を提示されたが謝絶した。私と花隈さんの取り分が三十五パーセントずつ。残りの三十パーセントを取材記者の大場さんと近藤さんで折半してもらうように頼んだ。

この傑作選は、ヤミケツ・チームの四年にわたる成果にほかならなかった。

六月末にはついに累計五万部を突破した。山形さんは第二弾の出版を打診してきた。

私に異存はなかった。

第二弾『闇の決算書――炎よりも激しい物語』は、二〇〇六年（平成十八年）八月に出版された。

この『炎』の方もよく売れた。つられてさらに『光』の売れ行きが急伸し、九月にはついに『光』が十万部を突破した。

私と花隈さんはS社の社長室に呼ばれ、社長からじきじきに特別革装の『闇の決算書――光よりも美しい物語』を贈呈された。S社では十万部を超えた作品を革装本に仕立て、著者に贈るとともに社長室の書棚に飾るという慣習があった。

私たちの『光』は、S社がこれまで出版してきた数々の名著、ベストセラーと並んで永久に社長室に展示されることになった。

『光』が十万部を突破し、『炎』もそれに迫る勢いとなったので、三十五パーセントとはいえ印税額は一千万円を軽く超えた。

私もみすみも銀行口座に積み上がっていく数字を見てため息をもらした。

「百万部とか売れてる人って、ほんとうにすごいんだろうね。どんな気分なんだろう」

みすみは言った。

『闇の決算書』の第一部、第二部はこの年の終わりには合計二十七万部に達する大ベストセラーとなった。

十二月に入ってすぐ、S社から封書が届いた。来年一月に開かれる新年会への招待状だった。S社は毎年、付き合いのある作家、学者、文化人、出版関係者などを都内のホテルに招いて盛大な新年会を開いていた。そこに呼ばれるのは著名人に限られ、私のような末端で働く書き手にお呼びがかかろうはずもなかった。それが突然の招待だった。招待状には、〈当日は混雑が予想されますので、御同伴の方は恐れ入りますがおひとり様までとさせていただきます。〉と記されていた。

みすみに見せると、

「私も一緒に行っていいってこと？」

訝しげな声で言う。

結婚して十数年、一度だってそんな晴れがましい席に出たことはなかった。

「そりゃそうだろう」

みすみは、またとないような笑顔になった。

二〇〇七年（平成十九年）一月十二日金曜日。

ホテルオークラの宴会場入り口に私たちはタクシーで乗りつけた。

夫婦でタクシーに乗ったことなど数えるほどしかない。乗るときは大抵、私かみすみが病院に行くときだった。だが、この日は行き帰りともタクシーのつもりだった。

みすみは色々悩んだあげく、ブランド物のパーティードレスを一着買った。バッグや靴、アクセサリーも揃（そろ）えたからかなりの出費になった。

私もスーツを一着新調した。

開場時間の六時ちょうどに受付に行ったのだが、すでに長蛇の列ができていた。誰もが相応に着飾っている。新年会とあって受付に並ぶS社の女子社員たちは半分くらいが着物姿だった。並んでいる方も、女性は着物姿が目立った。

「やっぱり着物にすればよかったかな。もったいなかったね」

みすみは残念そうな顔をした。最後まで迷っていたのだ。着物であれば何着かいいものを持っていた。

「そんなことないよ。すごくいいよ」

上背のあるみすみはドレスがよく似合っていた。ちらちらと彼女の方へ視線を送る男性がいるのに私は気づいていた。

六時を十分ほど過ぎたところで新年会はスタートした。S社の社長の簡単な挨拶があり、そのあと高名な作家が壇上に登場して乾杯の音頭を取った。

会場はたくさんの人たちであふれていたが、著名人がそこここにいて、

「あの人、作家の××さんだ」

「ねえ、あの人、俳優の○○さんだよね」

二人で口々に言い合った。

東京都知事の石原慎太郎がすぐそばに来たときは、さすがにみすみも顔を上気させて、私の袖を引っ張り、

「なんだかんだ言っても慎太郎ってかっこいいよねえ」

うっとりした声を出した。

料理も豪華で、みすみは三度も寿司の行列に並んだ。

「久兵衛(きゅうべえ)のお寿司なんて何十年ぶりかしら」

と言う。

みすみが銀座時代のことを口にするなんて滅多になかった。

中央テーブルで二人で料理を取っていると後ろから肩を叩(たた)かれた。振り返ると今西さんが笑顔で立っていた。

「今西さん」

見知った顔をようやく見つけて、私とみすみは同時に声を上げた。

「たのしんでますか」

「はい。すっごく」

みすみがキラキラした瞳(ひとみ)で言う。

ちょうどそこへ、S社の出版部長がやってきた。山形さんの上司で、私も何度か

顔を合わせたことがあった。十万部を超えて社長室に招かれた日は、そのあと彼の案内で築地の料亭に出かけた。

「あけましておめでとうございます。決算書はまだまだ好調ですよ。本当にありがとうございます」

みすみを紹介しようと隣を見るといなかった。いつの間にか今西さんと二人でロースト ビーフの行列に並んでいる。

あきらめて出版部長とあれやこれやの話をした。彼は『闇の決算書』の第三弾の話を蒸し返してくる。年末から山形さんを通じて持ち込まれていた話だったが、私は気乗りがしなかった。これまでの二冊で質の高い原稿はおおかた収録してしまっている。ここで慌てて残り物を掻き集めるのは不本意だった。山形さんも同意見だった。

私は曖昧な返事をして、別の話題に切り替えた。ちらちらとみすみたちの方へ視線をやると、今西さんがみすみをいろんな人に紹介しているようだった。彼の部下たちの顔も見えたし、知らない顔もあった。今西さんのことだ、きっと「須磨」の宣伝をしてくれているのだろう。みすみも生き生きとした表情で初対面の人たちと話している。

出版部長と別れてからも、水割りのグラスを片手に、しばらくそんなみすみを凝視していた。

そこへまたぽんと肩を叩かれた。顔を向けると町沢さんが立っている。

「やあ、こんなところでお目にかかるなんて奇遇ですねえ」

最初から棘のある物言いだった。顔が赤い。かなり酔っているようだ。

「あけましておめでとうございます」

私は型通りの挨拶をした。向こうは「おめでとう」とも言わなかった。

「中林さんさ、あなたも作家を目指してるんだったら、せめて別のペンネームにしなきゃ」

いきなりのように言って、町沢さんは手にしていた水割りを呷った。

彼こそが私の『快挙』をボツにした編集長だった。S社に出入りするようになって、今西さんから一度引き合わされ、それからはたまに社内ですれ違うこともあった。会釈は交しても、ちゃんとした会話などしたことはない。いまは閑職に追いやられているはずだった。

「というと……」

私はわざとらしくその赤ら顔に耳を近づけた。

「だってきみ、あの花隈さんだってああいうものを書くときは違う名前を使ってるんだ。若いきみがそれくらいの矜持も持ち合わせてないんじゃあんまり情けないだろ。きみねえ、闇の決算書なんて、あんな仕事、幾らやっても何の足しにもなりゃしない。筆が荒れるだけなんだよ。まだ若いんだから、少しは、プライドってものを持たなきゃ……」

私は黙って、町沢さんの前から半歩遠ざかった。「あなたは、ヤミケツをちゃんと読んだことあるんですか？」とよほど言おうかと思った。

ちょうどそこへ、山形さんが通りかかって私たちを見つけてくれた。彼女はいつもと同じダークスーツ姿だった。そういう山形さんを見るとほっとした。

「探しましたよ、中林さん。あけましておめでとうございます」

山形さんが言う。

話の腰を折られて、町沢さんは明らかに不快な表情になっていた。

「お二人、お知り合いなんですか」

「きみが彼の担当なの？」

町沢さんが私と山形さんとを見比べるようにした。

「はい」

「この人はねえ、むかしはそこそこ才能のある人だったんだよ」

「は」

山形さんがきょとんとした顔になった。私は黙って下を向いていた。

「だけどねえ、あんなものを書いて、こんなパーティーに我が物顔でのこのこ出てくる、そういう心の弱さがね、この人を駄目にしちゃってんだよ。きみもねえ、あんな仕事なんてやらせちゃ駄目だっての。こういう人にはもっと頑張らせなきゃ。こんなふうに物書きを使い捨てにしちまってたら、うちの会社もますます行き詰ってしまうって話だからねえ」

町沢さんはべらんめえ口調になっている。顔を上げて山形さんを見ると、顔を赤くして町沢さんを睨んでいる。

「中林さん、あっちに行きましょう」

私と町沢さんとのあいだに身体を入れると、「じゃあ、町沢部長、失礼します」と山形さんは私の腕を取って歩き始めた。

壁の隅まで行って立ち止まる。

「中林さん、本当にごめんなさい」

深々と頭を下げてきた。

「町沢部長もずっと干されてて腐ってるんです。あの様子だとアル中かもしれません。本当にごめんなさい」

私はとにかく、みすみがそばにいなくてよかったと思っていた。

「いや、町沢さんの言っていることだって一理も二理もあるよ。気になんてしてないから心配しないでよ」

私は本心でそう思っていた。町沢さんがさきほど言ったことは、私の心にもすでにあったことだった。

「そんなことありません」

不意に山形さんが強い口調になった。私は目が覚めるような感じで彼女を見た。

「私、中林さんがどれだけ誠実に仕事をしているか、よく知っています。今度の本だって、ぶっちゃけた話、中林さんの力でベストセラーになったんです。あんな町沢の言うことなんて全部嘘っぱちです。私は中林さんはこれからもっともっとすごい書き手になるって信じています。中林さんの夢はきっとかないます。時間はかかるかもしれないけど、その分、大きな夢がかなうんだと思います」

私は山形さんの言葉を耳に入れながら、かつて似通ったセリフをどこかで聞いたことがあるような気がしていた。

19　償い

その年の三月末、ぶらりと山形さんが訪ねて来た。いつもは「須磨」に顔を出して、たまには私と二人で店の酒を飲むのだが、この日は、夕方、玄関の呼び鈴を押して、直接二階に上がって来た。

居間で差し向かいになると、山形さんは正座して、

「いよいよそのときが来ましたよ、中林さん」

と言った。

何のことか分からず、ぽかんとする。

「実は、まだ内緒なんですが、四月から文芸誌に異動することになったんです。以前から希望は出していたんですけど、今回は今西さんが頑張ってくれたみたいで。

ついさっき部長に呼ばれて内示を受けました」

その言葉で言わんとするところは了解できた。彼女は、異動の内示を受けてすぐに飛んで来てくれたのだ。

私は胡坐をほどいて、山形さん同様に正座した。

「僕も今年で四十になります。最後のチャンスだと思って、死ぬ気でやります」

深く頭を下げた。

しばらく話して、下で一緒に飲まないかと私は誘った。

「今日は、お酒を飲むために来たわけじゃないですから」

山形さんはそう言って、帰って行った。

「闇の決算書」は書きつづけていた。

書籍のベストセラー化で、収録作の幾つかが単発のテレビドラマに決まったりと、雑誌の看板企画になっていた。今西さんへの恩義を思えば、小説に専念したいからと降板するわけにはいかなかった。原稿も手を抜くわけにはいかなかった。

私はまず、これまで書いた何本かの小説を引っ張り出して読み直した。

流産したみすみを休ませたくて不眠不休で書いた一番目の『快挙』も、亡くなった佐伯さんと組んで仕上げた二番目の『快挙』も読んだ。いまになってみると佐伯さんがなぜ『快挙』というタイトルにこだわったのか、その理由が何となく理解できた。二作は似ても似つかぬ内容ではあったが、「人生の快挙とは何か？」を探ったという点では一脈通ずるものがあった。

最初の『快挙』では、思わぬ成功を手にしたがゆえに主人公の青年はどん底に突き落とされてしまう。二作目の『快挙』では、震災で何もかもを失ってしまったがゆえに、主人公の居酒屋店主は人間としての喜びに目覚める。

我々の人生にとって快挙とは一体いかなるものなのか？

結核で入院してからこのかた考えつづけてきたつもりだったが、何のことはない、私は若い頃から同じテーマをずっと追いかけていたのだった。

そのことに気づいたとき、本物の『快挙』が書けるかもしれないと思った。

呻吟しながらの苦しい作業の連続だった。

ヤミケツを引き受けながらの執筆が一番の苦労だろうと思っていたが、とんでもない勘違いだった。執筆中の『快挙』を中断し、ヤミケツに専念できる時間だけが唯一の息抜きのように感じられた。

半年をかけて冒頭の百五十枚を書き上げた。何度書き直したか知れなかったが、物語が長大なものになるという確かな感触だけは摑むことができた。

その百五十枚を読んだ山形さんが興奮した声で電話してきた。夜中の三時過ぎだったと思う。

「中林さん、この小説は傑作になりますよ」

と言ってくれた。

それからも執筆は決してスムーズにはいかなかった。三歩進んで二歩戻るといった状態がえんえんとつづいた。

何とか先が見えてきたのは、稿を起こして一年半が過ぎた頃だった。もう二〇〇八年が終わろうとしていた。

山形さんにはあれ以来原稿は見せていなかった。書き上げた枚数だけをときどき報告していた。一年半の時点ですでに七百枚を超えていた。

「この分だと、千枚をゆうに超えそうなんだけど」

「全然かまいません」

山形さんは言った。

二〇〇九年（平成二十一年）に入って、少しずつペースが上がってきた。ようやく物語の終着点を遠く視界にとらえたような気がした。

梅雨の終わりに、みすみが風邪をこじらせた。

一晩、高い熱が出て、熱は下がったものの倦怠感が残って三日ばかり床上げできなかった。五月から猛威をふるっている新型インフルエンザの可能性があった。このインフルエンザは四月にメキシコで確認され、WHOは六月半ばにパンデミック（感染爆発）を宣言し、警戒水準を最高のフェーズ6に引き上げていた。感染の危険性がある医療機関にはとりあえず駆け込まず、今西さんに都合をつけてもらったタミフルを飲ませた。すると翌朝には熱が下がったのだった。

床を払って「須磨」を再開してからもみすみの体調は優れなかった。

「ちょっと早いけど更年期かもね」

いつの間にか彼女も四十四歳になっていた。

七月の半ば過ぎから咳が始まった。最初は喉の入り口に何かがひっかかったような感じの軽い咳だった。私が結核をやったときのような激しい咳ではなかった。

「梅雨が終わって急に空気が乾燥したからよ」

みすみは気にしていなかった。大の煙草嫌いなのは気管支がもともと弱いせいでもあった。

私の方はいよいよ『快挙』が完成間近になってきていた。七月に入ってからは、ひたすら執筆に没頭した。三十分、一時間と細切れに仮眠を取りながら昼夜なく書きつづけていた。

あれは八月に入ってすぐだった。仕事部屋の簡易ベッドで目覚めてみると、微かな音が耳に響いてきた。何だろうと思って身体を起こし、耳をすませた。

コホン、コホン、コホン……。

それがみすみの咳だと気がついた瞬間に、すーっと背筋に冷たいものが走った。

時計を見ると、午前七時ちょうどだった。

私はベッドから降り、カーテンを開けた。まぶしいほどの光が一気に部屋を明るくする。首を回して眠気の残滓を振り払った。仕事机のパソコンは点いたままだった。キーを叩くとさきほどまで書いていた原稿がディスプレイに浮かび上がってくる。立ったままの姿勢で終了をクリックし、データを保存した上でパソコンの電源を落とした。

仕事部屋のドアを開けて寝室へと向かう。

みすみは布団の上に座って背中を折り曲げていた。

「ちょっと気になるから、病院に行ってみないか」

さりげなく声をかけた。みすみは私の方を上目づかいに見て、

「うん」

小さく頷いた。

二週間近く咳が止まらないのだ、と言うと「たぶん風邪が残ったんでしょう」と医師は軽く受け流した。

「六年前に乳がんをやっているんですが……」

そう告げると、

「じゃあ、一応レントゲンだけ撮ってみましょうか」

彼は口調を変えた。

結果が出るまで待合室の長椅子に並んで腰掛けていた。

私もみすみも何もしゃべらなかった。みすみはずっと私の手を握っていた。

三十分ほどで診察室に呼ばれた。こういうことはいままでもよくあったと思った。

そして、そのたびに何とか切り抜けてきた。

レントゲンに映ったみすみの左肺には小さな白い影があった。

「これが何なのか、まだはっきりとは分かりませんが、一度、大きな病院で詳しい検査を受けられた方がいいと思います」

医師は表情を曇らせてそう言った。

「肺にがんが転移した可能性もあるんでしょうか」

乳がんの肺移転は、それだけでステージⅣ、最末期を意味していた。

「どうでしょうか。そういう可能性もないとは言えませんが、とにかくもう少し詳しく調べた方がいいとしか現段階では言えません」

みすみは隣でじっと小さな白い影を凝視している。一言も発しなかった。

病院を出るとすぐに築地の聖路加国際病院に電話した。みすみの乳がんを手術してくれた医師は三年前に信濃町の病院から聖路加に移っていた。それからは、年に一度の定期検査は聖路加で受けていた。聖路加は二度の流産のときに世話になった病院だった。

三日後の木曜日に検査の予約を入れてもらった。

家に戻って、みすみは着替えるとすぐに店に下りていった。帰り道でも何も話さなかったし、帰宅してからも病気の話は何もしなかった。

私は仕事部屋のパソコンで「乳がんの肺転移」を調べた。おおよそ分かっていたこと以上の情報はなかった。

そんな馬鹿な、と思った。みすみの乳がんは正真正銘の早期発見だった。五年生存率は九十パーセントを超えていた。ましてもう六年も経過しているのだ。いまさら転移なんて普通は考えられなかった。

だが、レントゲンにははっきりと白い影が映っていた。

私はそれ以上、検索するのはやめて、書きかけていた『快挙』の文書を開いた。

すでに原稿枚数は千二百枚を超えていた。あと五十枚足らずで終わるだろう。

もう終着駅はしっかりと見えていた。私は二年半の歳月をかけてようやく目的地にたどり着こうとしていた。

とにかく、書くしかないと思う。自分にやれるのはそれしかない。

その晩、本当に久しぶりに一階の店でみすみと差し向かいで飲んだ。

九時頃に店じまいする音が聞こえ、しばらくすると仕事机の上に置いた携帯が鳴った。

「ちょっと下りてこない」

というみすみの声が聴こえてきた。

私はビールを飲み、みすみは熱燗(あつかん)にした。乳がんのあと、彼女は冷たい酒は飲まなくなっていた。燗酒か焼酎(しょうちゅう)のお湯割りを飲んでいた。

めずらしく夜風が入ってくる晩で、冷房なしでも小窓を開けていれば暑くなかった。

十一時を回った頃合いだったろうか、

「罰が当たったのかな」

みすみがぽつりと言った。

「罰？」

聞き返すと、みすみは艶っぽい笑みを顔に浮かべた。

「そう。俊彦さんにひどいことしたもん」

みすみは十数年ぶりで私を「俊彦さん」と呼んだ。

「ひどいことって？」

私はみすみの目をしっかりと見て言った。

「知ってるでしょ」

艶やかな笑みは絶えなかったが、その目はかすかに潤んでいた。

「何を言ってるか全然わかんないよ」

私は苦笑してみせる。

「どうしたの。酔ったの？」

と言葉をかぶせた。心の中では必死だった。どんなことがあっても私があのことを知っていると覚られてはいけない。

みすみは私の顔をじっと見つめていた。それからふっと目が覚めたように真顔に戻った。

「ほんとだ、何だか酔っ払っちゃった」

と呟いた。

水曜日の午後、私は一人で散歩に出た。

音羽通りをいつものようにのんびりと歩いた。今年は冷夏なのか焼けるような八月の陽射しとは無縁だった。日陰を選んで歩いていればさほど汗をかくこともない。二十分ほどで護国寺の山門に着いた。

一礼して門をくぐった。

護国寺の境内は広壮と呼ぶに値するほどに広い。もとは将軍綱吉が生母桂昌院のために建立した徳川家ゆかりの寺で、本堂である観音堂は焼失を免れて元禄以来の姿をいまにとどめていた。隣接する墓所には三条、大隈、山県、山田といった明治の顕官たちや大倉喜八郎、池田成彬、団琢磨といった財界の大立者、変わったところでは梶原一騎や大山倍達などの墓が並んでいる。

平日の午後とあって参拝する人の姿はまばらだった。若い人はほとんどいない。年配者ばかりだった。

参道を真っ直ぐに進んで本堂まで来た。階段を上がって外陣の手前から本尊に対して合掌する。本尊は如意輪観世音菩薩だが秘仏なので厨子におさまっている。みすみが再発していないようにと根詰めて祈った。

合掌をほどいて深々と一礼し、踵を返した。

本堂の上から広い境内を見渡す。夏の光に満ちた境内は白く輝いていた。

するとそのときだった。

横合いからゴーッという唸りを上げて一陣の風が吹きつけてきた。それはまるで古井戸を覗き込んだときのようにひんやりしていた。

私は風の吹いてきた方向へと顔を向けた。むろん、そこには何もあるはずがなかった。

階段の手前で足を止めて天を仰いだ。真っ青な夏空が広がっている。太陽のありかは分からなかった。空全体が青く発光していた。

深呼吸をした。深く、浅く思いが去来する。歯を食いしばって本堂の階段を下りた。

その夜、私は眠れなかった。

聖路加には午前八時半までに行くことになっていた。みすみは十二時前に布団に入っていた。

「一緒に寝ようよ」

という不安げな声を、

「ちょっと仕事をしてからにするよ」

と振り切って仕事部屋に戻った。

仕事は手につかなかった。最終章の書き出しのところで止まっている『快挙』の原稿をディスプレイに表示し、ただその文字の群れを凝視しつづけた。

明け方、私は一度椅子から立ち上がり、カーテンを引いた。

朝の光が射し込んでくる。眠気もなかったし、疲れも感じなかった。

あらためて椅子に座り直し、いままで書いた原稿をスクロールしていく。

この小説はきっとうまくいくだろう、と思った。

だが、もしもみすみのがんが再発し、彼女が死んでしまうようなことが起きたら、一体、この小説はどうなるのだろう?

それでも、世に送り出され、私は作家として世間から認められるのだろうか。

おそらくそうなるだろう。

そのときの私の心に果たして喜びは宿るのだろうか?

みすみを失った悲しみは、別種の喜びによって幾らかは減殺されるのだろうか？

私にはよく分からなかった。

ただ一つ、はっきりと言えることがあった。

もしも、この命を捧げることでみすみが助かるのならば、たったいまこの瞬間に、何のためらいもなく私はこの身を差し出すだろう。

私はこの小説に人生をかけていた。

山形さんに「死ぬ気でやります」と口にした瞬間にそう覚悟を決めたのだった。

そして、二年半のあいだ、覚悟が揺らぐことは一度もなかった。死ぬ気で私は書いてきた。

しかし、私は何としても生きねばならなかった。人生をかけるというのは、生きてこそであり、死ぬ気になれるのもまた生きてこそだった。

みすみを失えば、私には生きていくすべがなくなる。死ぬしかない。

死の床についたみすみは、きっと、先夜のように目を潤ませながら詫びるだろう。

「俊彦さん、ごめんなさい」

何度も繰り返して、たくさんの涙をこぼすだろう。

だが、それは間違っている。断じて間違っているのだ。

罰が当たったのはみすみではなく、この私の方だった。みすみの死によって最大の罰を受けるのは私自身だからだ。みすみはたしかに一度は私を欺(あざむ)こうとした。だが、あれは決して過(あやま)ちではなかった。

しかし、私の裏切りは、誰が何と言おうと大きな過ちだった。

そのことがいまの私には痛いほど分かっている。

それこそ死にもの狂いで私を支えようとしていたみすみから逃げたのは、この私だった。

雪江には、東京に戻ってから一度も会ってはいない。けれど、もう何もかもが遅すぎるのだ。

マウスから手を放し、スクロールをやめた。

もういい、と思った。

この小説はもうここまででいいのだ。

みすみのためにできる最大の償いはそれしかなかった。罪を償うことで罰から逃れられるかどうかは分からない。だが、いまの私には他にできることが何もない。

みすみが生きていてくれるなら、小説なんてどうでもよかった。

20　柔らかな空気

診察室に入ったとたん、柔らかな空気を感じた。

みすみと私は並んで医師の前に座った。いつもの淡々とした表情でパソコンに映った画像を吟味している。

「影なんてないけどねえ」

画面を覗きながら彼は言った。椅子を回してこちらを向く。

「CTもMRもレントゲンも全然問題なし。その先生の読み間違いか、写真の不具合かもしれないなあ。喉がちょっと赤くなってるので軽い咽頭炎（いんとうえん）でしょう。薬を出すからしばらく飲んで、様子を見て下さい」

私とみすみはこれでもかというくらいに頭を下げて診察室を出た。彼の方がそんな私たちに呆(あき)れ顔だった。

病院を出て、新富町方向へと歩いた。

「地下鉄で帰るの？」

みすみが訊(き)いてくる。行きはタクシーだった。

「月島に行こうと思ってるんだけど」

ここからだと佃大橋西の交差点で右折すれば目の前が佃大橋だった。大橋を渡ればもう月島だ。

「月島かあ」

みすみが懐(なつ)かしそうな声になった。手を繋(つな)いで私たちは歩いていた。人通りはまばらだ。通勤時間帯をとうに過ぎているからだろう。

二人で月島に行くのは久しぶりだった。

「あのお店、どうなってるかなあ」

「十五年近く経(た)ってるし、とうに建て替えられてるさ」

「そうかなあ」

「探してみようか」

「うん」

みすみの声は明るかった。私の声も底抜けだろう。

「小説はうまくいってる?」

橋を渡っているときみすみが訊いてきた。

佃島の高層マンション群だけでなく、遠く豊洲にもにょきにょきと高層ビルが建っていた。巨大なクレーンを頭に載せた工事中のビルも何本か見える。日本経済はいまだに失速中だが、東京の再開発は途切れることなくつづいていた。

「それがそうでもないんだ」

私は言った。

「そうなんだ」

意外そうな声が返ってきた。

「しばらく休んで、違うものを書こうかと思ってるんだ」

「へぇー」

みすみは呟いたきり、あとは何も言わなかった。

「またがんばるよ」

と言うと、

「うん」

小さく頷いた。

「とにかく、今日は人生で一番嬉しい日だ。やったぞって気分なんだ」

私は大都会の景色を見つめながら言った。

「そうなの？」

「ああ」

「ふうん」

ちょっぴり納得がいかない声に振り向くと、ぴたりと視線が重なった。じっと私を見ている。川の流れに沿って風が吹き過ぎていった。

「そっか……」

みすみはそう呟くと顔を前に戻し、繋いだ手の力を少しだけ強めた。

20　柔らかな空気

特別寄稿

こんな恋がしたかった

山田憲和

白石さんのことを、よく知っていると思っていた……。

いま、十年ぶりに『快挙』を読んでいる。プロフィールを見たら、僕と共通点がある。早稲田大学政治経済学部卒業、同じだ。文藝春秋勤務、同じだ。

十年遅れて生まれて、文藝春秋に入ったとき、三十二歳の白石さんが声をかけてくれた。

「若僧なんだね」

と軽やかに言われた。

「山田くん、いまは夢も希望もあると思うけど、十年たってもなんにもいいことないからね。僕もこれから十年、いいことないと思うけど」

こんな言葉をいただいて、夢や希望を捨てることにした。

いまにして思えば、文藝春秋っていい会社だった。いい時代でもあった。さらに昔は、もっとよかったのかもしれない。

白石さんよりも十歳上の先輩は「いいことは三つぐらいあった」と言った。白石さんよりも二十歳上、つまり僕よりも三十歳上の先輩は「仕事をやればやるほどいいことがある」と言った。ボブ・ディランも歌っていたけれど、時代は変わる。どちらの先輩も、いまは亡くなっている。

若き日の白石さんは厭世観を漂わせていたけれど、嘘のない人だった。偉そうなところは微塵もない。ちょっとした言葉が強くて、とびきり優秀な編集者だった。いつも笑っているので、やさしい人に思えた。

あれが一九九〇年のこと。白石さんの印象は変わらない。

本が好きな人にとって、文藝春秋で働くのはおもしろかった。給料も悪くなかった。白石さんを含めて、それなりに憧れを抱けそうな先輩も何人かいた。

個人的には、ちいさな目標を三つ定めている。一九九九年にはノストラダムスの予言があった。人類や地球が滅亡するとは思わないけれど、急に死んでしまうかもしれない。ちょっと刹那的な気分で生きていた。

バブルが崩壊して、未来は見えなかった。明石家さんまじゃないけれど、幸せって、なんだっけ。よくわからないけれど、不幸ではなかった。

白石さんの小説は、すべておもしろい。『快挙』もいい小説だ。

十年ぶりに物語世界へ入っていく……。

この小説、すごい。

ここだけは理解されてほしい。「いい」と「すごい」は違う。

「いい」というのは、プロフェッショナルとして目指すべきものだ。「おもしろい」というのも、生きるうえで大事なことだ。「いい」や「おもしろい」を大前提として、さらに途方もない何かが見えたとしたら、それこそが「すごい」ものだと思う。

『快挙』の主人公は、一九九〇年代を生きている。もともと写真家を志していたのだが、みすみという女性と出会って、小説を書くことになった。

十年前に読んだとき、この「みすみ」という女性を好きになれなかった。美しい花には毒があるというか、いやなことが起こりそうな予感があるのだ。

男として、彼女に恋をするのは不思議ではない。いつも励ましてくれるし、セックスの相性もいい。独特な色気があるのだろう。品もよさそうだ。

一緒に暮らしたとしたら、幸せになれるのだろうか。

この幸せというのが、よくわからない。たとえば、自分が「俊彦」という名前だとして、「ヒックン」と呼ばれるのに違和感はないのか。みすみだけのものになりたいのか。一目惚れなので、疑いを抱かないのか。

みすみとの人生には死の影がつきまとう。彼女のふるさとの神戸では、秘密の過去もありそうだ。二度の流産も経験している。

俊彦は「快挙」という作品内小説で、新人文学賞を取りそこなっている。創作の路頭に迷ううちに、ラジオドラマの台本を書くようになった。毎日書いていたら、ちょっとした変化が起こった。

この本の七五ページに、大事なことが書いてある。

「人間の死とは何なのか、ことに自らには一点の非もないままにいきなり命を奪われるような死に方に一体いかなる意味があるのか、またそうやって大切な人を失くした人々は、過酷な体験をどう受け止めて生きていけばいいのか」

死という自らのテーマを、俊彦は乗り越えようとする。

大上段に構えるから、何も書けなくなってしまうのだ。それよりも「自分自身が実際に体験したありのままを小説にしてみてはどうだろうか」と気が付いた瞬間、創作の芯が生まれた。

これで書き出せる、と思った。

みすみと距離を置いて、仕事場を借りた。そして書き続けた。

やがて小説は完成する。その小説はふたたび「快挙」と名付けられ、信頼する編集者に受け入れられるのだが、そこでも信じられないことが起こってしまう。

「佐伯憲一」という担当編集者が死ぬのだ。

漠然とした不安をおぼえる。

二〇〇〇年、白石一文は『一瞬の光』でデビューする。四百字の原稿用紙で千枚を超える大長編小説だった。

文藝春秋の後輩からすれば、白石さんが作家になるのは不思議ではなかった。圧倒的に優秀なのだ。文藝春秋には半藤一利、立花隆、中村彰彦のように、大きな賞をもらっている先輩の書き手もいた。

ノストラダムスが人類滅亡を予言した一九九九年まで、僕はノンフィクションの世界で働いていた。二〇〇〇年に『オール讀物』という直木賞を発表する雑誌に異動して、小説の世界で働くようになった。

白石さんは四十二歳。僕は三十二歳だった。二十代のうちに個人的な三つの目標は達成して、次なるモチベーションは見つからず、おもしろさに漂っているような感覚で生きていた。死を思うことはあっても悩むことはなかった。

『オール讀物』では、白石一郎の担当をすることになった。海洋歴史作家の第一人者で、白石さんの父親だった。二〇〇四年の秋にガンで亡くなるまで、最後の担当編集者になっている。

父親の作家は、息子の作家に厳しかった。

「文藝春秋みたいないい会社に入れたのに、どうして作家になるのか」

と激昂されたこともあった。

息子よりも若い編集者に対して、申し訳ないと思ったのかもしれない。

担当編集者としては、親子関係を一面的にとらえていた。当時は独身で、両親も元気に暮らしていた。親も息子も関係ない。ふたりの個人がいるだけだ。

白石一郎も早稲田大学政治経済学部卒業で、二十代から小説を書いている。最初に直木賞の候補になったのが、一九七〇年のこと。六回落選して、一九八七年に受賞した。それからも書き続けて、多くの読者を得ていた。

息子は一九五八年生まれだから、父親の苦しみを見ているはずだ。一方の父親としては「自分を見ているじゃないか」との思いもあったのだろう。
この時期に、白石一文さんは文藝春秋を辞めた。父親の最期を看取るために。

二〇〇四年に白石一郎が亡くなってから、僕は白石一文の担当になった。
おかしなもので、担当編集者になってからは「作家・白石一文」のことが見えなくなっている。

エピソードはたくさんある。

二〇〇六年、出版部で『どれくらいの愛情』をつくった。その本は直木賞の候補になったけれど、受賞を逃した。その直後には書き下ろしの小説を頼んでいる。二〇一〇年に『ほかならぬ人へ』が直木賞を受賞したときには『オール讀物』編集部にもどっていて、白石一文の受賞インタビューをまとめている。タイトルは「編集長になりたかった」だった。

二〇一一年、東北大震災の直後。僕は『オール讀物』の編集長になった。石巻や閖上地区などを白石一文と一緒に取材した。小説を書いてくれた。

事実をならべるのは、なんとも味気ない。大事なことがこぼれてしまう。

編集者は作家と共犯関係にあるのだ。同じものを見ようとするので、担当作家の本質的なところを見ようとしていない。作品に光るものだけを見ようとして、人間を見ていなかった。世の中も見えていなかった。

頭の中にあるのは、それぞれの作家にいいものを書いてもらうこと、それを多くの人たちに読んでもらうこと、それだけだった。人間社会への理解を深めず、漠然と感じるだけで、仕事をこなしていた。

白石さんに「作家を辞めたい」と言われたこともあった。作家になるのは「いいこと」ではなかったのか。白石一文という作家は多くの読者を獲得している。それは運命ではなかったのか。すごいことではないのか……。

もしかしたら、僕は「白石さん」と「作家・白石一文」を別々に考えようとしていた。おそらく「白石さん」の本質は変わらない。「作家・白石一文」は時代を映し出す鏡だから、どんどん変わっていく。

それでも白石作品を読んでいるときには、いつでも気持ちがつながっているように感じている。この本の一四二ページに書かれていた。

「みすみは決して頭脳明晰(めいせき)な人ではないが、ざっくりした気風(きっぷ)のいいおんなだった。融通無碍(むげ)、臨機応変、感覚的でやや直情型、そして何より、自分の直感に信を置いていた。そういう点ではいかにも女性らしい女性だった」

物語に浸っているうちに、気持ちが揺れている。みすみは魅力的なのだ。それでも心のどこかで、こういう女性から逃げたくなる。

印象的な場面があった。

俊彦夫婦と佐伯憲一は、新しい小説の完成を祝して、六畳一間の仕事場で神戸牛のすき焼きを食べた。酒も飲んだ。

みすみはアカペラで今井美樹の曲を歌った。この「PRIDE」という曲を、佐伯は酔っぱらって何度もリクエストした。布袋寅泰が今井美樹に捧げた曲で、当時はミリオンセラーになっている。不倫の曲だ。みすみは何度も歌った。

三人で飲んだあと、みすみは俊彦に言った。

「佐伯さん、奥さんの他に好きな人がいるんだね」

不倫の曲がミリオンセラーになるのだから、いまよりもずっと性におおらかな時代だった。それでも一九九〇年代のこの曲を好きになれない。ひさしぶりに聴いてみたけれど、いい気分にはなれなかった。

おそらく、みすみは佐伯さんを試していたのだろう。

みすみと暮らして生活の安らぎを得られなくても、俊彦は生きて、書き続けようとした。他の女性に気持ちを移すこともあった。最後には彼女だけを求めた。

白石一文の文章（本文一四二ページ）にもどろう。

「女性と男性の決定的な差異は論理性の有無だと私は思っている」

ここに違和感があった。

女性には論理性がないのだろうか。感情的な生き物なのだろうか。

そんなはずがない。人間には多様性があるのだ。

僕のように出版社という組織でふわふわと生きている人間には、ひどく理屈っぽいところと、まったくの感情で動くところが共存している。

本文一四二ページ。

「女性は論理に従うことはあっても論理を信ずることは決してない。女性にとっての神はあくまでも自分自身なのだ」

このあたりで立ち止まっていたら、ぼんやりと見えてきた。

「論理」を「組織」と読みかえてみよう。十年前の僕は、組織を信じていた。文藝春秋は性善説の会社だと思っていた。

いまはそんなことを言ったら、笑われてしまう。組織に従うことはあっても、根本的なところで信じることはない。

わかりやすく言えば、十年前の僕は「男性原理」で生きていた。いまは「女性原理」を中軸に据えている。

女性としての神が自分自身であることに、俊彦も、気が付いていた。内なる女性を見つけている。自分自身が女性としての神になったのかもしれない。

人生の光が見えた瞬間だった。本文一八二ページ。

「私にとっての人生の快挙とは何だったのか？」

さらに続く。

「真っ先に思いつくのは、やはり月島の路地裏でみすみを見つけたことだった。もっと具体的に言えば、彼女に巣食っていた疲労感を察知できたことであり、この人と一緒に生きようと瞬間的に覚(さと)ったことであり……」

俊彦は小説から逃げなかった。みすみと生きることで、三度目の「快挙」を書いた。原稿用紙で千枚を超える大作になった。

日本の古代神話には、アマテラスという女性神がいる。天の岩戸に隠れることもあるけれど、人びとに光をもたらしている。俊彦も女性原理で書いているはずだ。みすみは創作のミューズなのだから……。

俊彦とみすみの小説を、白石一文も『快挙』と名付けた。この小説は、四度目の快挙になった。

すごい小説は読み継がれる。読まれることで、何度でも輝く。
僕は『快挙』を読んだ。十年ぶり、五度目の快挙。
こんな恋をしたくなった。

夫婦の醍醐味とは

白石一文

山田憲和さんの「こんな恋がしたかった」で、この小説については十二分に語り尽くされているので、わたしは少し別の角度から『快挙』のことを書いてみたい。

その前にひとつ。山田さんは、ご本人が触れている通り、わたしの文藝春秋時代の後輩だが、すぐれた編集者で、「オール讀物」の編集長を務め、築地の料亭「新喜楽」で年に二回開かれる直木賞選考会の司会も経験している。彼の編集長時代の「オール讀物」は出色の出来だった。時代小説から現代小説、ミステリーまでオールラウンドの担当者だったが、正直に言うならいささか「編集者にしておくにはもったいない才能」だとずっと見ていた。今回の文章でもわかるように、やがて作家になる人だと思われる。鉄筆の渡辺浩章さんをはじめ各社の編集者たちは、今後の彼に視線を注いでおいた方がいい。新人発掘というのは宝探しと同じで、とにかく早い者勝ちなのだ。

『快挙』は思い入れの深い作品だ。

わたしが神戸に住んでいた二年余りのあいだに執筆したもので、だから主人公のみすみは須磨の出身だし、彼女と俊彦は神戸に移り住むという設定になっている。「須磨」を一つの舞台にしたのは、若い時分に大ファンだった山本周五郎のデビュー作「須磨寺附近」を念頭に置いてのことだった。神戸市に移り住んでしばらくのち、わたしは須磨寺を訪ねた。そこに、処女作にちなんだ周五郎の石碑が建っているのを知っていたからだ。作中でもこの文学碑については詳しく触れている。

そして、そのときの須磨寺詣でわたしはもう一つの文学碑に出会った。敬愛する周五郎の足跡を訪ね、同じ場所でこの句碑を見つけたことで、周五郎から思いがけず創作のヒントを授けられたような気がした。夫婦をテーマにした小説を書こうと思い立ったのは、それがきっかけだったのである。

というわけで、もう一つの文学碑に記されていた俳句は、『快挙』の肝心かなめなのだが、作者のわたし自身が、いまもこの句のほんとうの意味を考えつづけている。「向い風」とは一体何か？　どこから吹いてきて誰に吹きつけるのか？——そんなふうに思うとわたしたちの人生は夫婦生活のみならず、さまざまな場面で予期せぬ〝風〟に吹かれ、煽られ、飛ばされてあらぬ場所へと着地させられるのが常だと知る。思い通りに生きられる、と固く信じていられるのは、おそらく中学生くらいまでであろう。人生とは要するにいろんな〝突風〟の前に立たされることだとやがてわたしたちは気づく。

わたしがこの小説を書きながらずっと考えていたのは、その〝突風〟に立ち向かうときに最も有効な陣構えとはいかなるものだろうか？——ということだった。

ひとりの身軽な身体で対峙するのか？

それともまとまった集団の一員として、おおぜいと共に風を受けるのか？

はたまた家族一丸となって地面に足を踏ん張ってみせるのか？

最も有効なのは夫と妻のふたりで人生の〝突風〟に立ち向かうことなのだろうと当時のわたしは結論づけた。

むしろ、そのための方便として、わたしたちは長年にわたって一夫一婦制という繁殖形態を選択してきたのではないか——つづめて言えば、『快挙』で書きたかったのはそういうことだったのだ。

最近は、男と女のあいだがえらく物騒になってきている。昭和の半ばに生れたわたしから見ると、これはもはや戦争状態と言ってもいいのではないかとさえ感じられる。

まあ、いまだに衆参本会議場が相も変わらず背広姿で埋まった情景を眺めるにつけ、日々各メディアで報じられる女性への性的虐待や性犯罪の事案を目にするにつけ、女性が男性に対して多くの分野で「ＮＯ」を突きつけざるを得ないのは仕方のないことなのかもしれない。

ただ、そうは言っても「夫婦」の場合は違う。

いや、違った方がいい。違わないといけない——わたしはかねてそう考えてきた。夫婦というのは、一般的な男と女の関係（恋愛も含む）とは本質的に異なる男女関係だからだ。男と女のあいだで持ち上がっている争いの構図をそのまま夫婦に持ち込むのはやめた方がいいと思う。

先に書いたように夫婦というのは、突然、私たちの人生に襲いかかってくる冷たく厳しい向かい風をなんとかしのぎ、もちこたえてみせるために最も有効な陣構えなのだ。

想像して欲しい。自分ひとりではとても抱えきれないような困難に見舞われたときに誰と手を組むべきかを……。両親？　きょうだい？　息子や娘たち？　恋人？　同じ釜のメシを食った数十年来の知己？「実はたいへんなことになっているんだ。何とか手を貸してくれないか」と深々と頭を下げずとも、ただ手を差し出すだけで握り返してくれる人とは一体どういう存在なのか？

だからこそ、わたしたちは生涯を共にすると天に誓って、妻を得、夫を得るのである。結婚とは、生活のためでもなく、子作りのためでもなく、セックスのためでもなくそうやって遠慮抜きで助け合うことのできる相棒を見つける大切な手段なのだとわたしは思う。さらには、冷たい向かい風のみならず、ときおり人生に吹きつけてくる温かくてやさしい風もまた夫婦で一緒に味わうことで、その心地よさは何倍にも増してくれるのだ。

人生は苦しみの連続だ。が、ひとたび夫婦となれば、その苦しみをふたりで分かち合うことが可能になる。夫婦でいるかぎりは双方の人生を一つに結び、その一つの人生をわたしたちは生きることができるのだ。

夫婦というのは小さなホテルの共同経営者のようなものだ。互いの親族や友人たちもたまに泊りに来てくれる。だが、彼らは長逗留はしない。子供たちはそれに比べれば長期滞在してくれる客だが、しかし、彼らもやがてはそのホテルを去っていく。最後に残されるのは支配人とマダムのふたりだけ。もはや古ぼけてしまったこの小さなホテルの経営が、実はどれほどたいへんだったかを肌身に焼き付けて知っているのもこのふたりきりなのである。

そして、それから何十年かの後、どちらかが先に世を去る日がやってくる。そのとき、死の床に横たわる人のそばには懐かしい多くの顔が見える。子ども、孫、友人たち。だが、いよいよ最後を迎えるとき、苦しい息づかいのなかでその人がさがす顔はひとつきりだ。長い長い年月をともに過ごしてきた唯一の人のほかには真に別れを告げるべき相手はいない。その人は万感の思いを込めて、涙を浮かべた生涯の伴侶を見つめる。一方、そうやって片割れを見送った人は、かなしいとかさみしいとか空しいとか、とてもそんな言葉では表現できない、自らの人生すべてを覆い尽くしてしまうかのような重く深い感情に浸される。

そうした万感の思い、筆舌に尽くしがたい別離の感情を味わうことこそがわたしは人生の究極の醍醐味だと考えている。そしてその醍醐味を味わえるのは、やはり夫婦だけなのである。

白石一文

1958年福岡県生まれ。早稲田大学政治経済学部卒業。文藝春秋勤務を経て、2000年『一瞬の光』(KADOKAWA)でデビュー。2009年『この胸に深々と突き刺さる矢を抜け』(講談社)で山本周五郎賞、2010年『ほかならぬ人へ』(祥伝社)で直木賞を受賞。近著は『君がいないと小説は書けない』(新潮社)、『ファウンテンブルーの魔人たち』(新潮社)、『我が産声を聞きに』(講談社)、『道』(小学館)、『松雪先生は空を飛んだ』(KADOKAWA)、『投身』(文藝春秋)、『かさなりあう人へ』(祥伝社) など。

鉄筆文庫　001
翼
白石一文
600円+税

田宮里江子は大学時代の親友の夫・長谷川岳志と10年ぶりに遭遇する。岳志は、親友の恋人でありながら、初対面でいきなりプロポーズしてきた男だった……。直木賞作家のTwitter連載小説として新聞各紙で取り上げられ話題となった恋愛小説。Twitter連載当時、何度も読んで何度も涙するという読者が続出した。10万部突破のベストセラー。鉄筆文庫の創刊第一作。解説／梅原潤一　装画／キリハリエ・Emi

3月2日

第4の習慣

多くの場合、問題があるのは人ではなくシステムのほうである。いくら優秀な人材でも、悪いシステムに入れたら悪い結果しか出てこない。育ってほしい花には水をやらなくてはならないのだ。

3月3日

第5の習慣

私がこれまでに人間関係について学んだもっとも重要な原則を一言で言うなら、「まず理解に徹し、そして理解される」ということだ。

この原則が効果的な人間関係におけるコミュニケーションの鍵なのである。

3月4日

第5の習慣

共感して聴くには、耳だけではなく、もっと大切なのは、目と心も使うことである。

相手の気持ちを聴きとる。言葉の裏にある本当の意味を聴きとる。行動を聴きとる。左脳だけでなく右脳も使って、察し、読みとり、感じとるのである。

共感による傾聴の大きな強みは、正確なデータを得られることである。

3月5日

Ｗｉｎ－Ｗｉｎ実行協定が重視するのは手段ではなく結果である。手段は本人の選択に任せることで、個々人の大きな潜在能力が解き放たれ、シナジーを創り出せる。このようなプロセスを踏めば、Ｐ（Production＝成果）だけにとらわれず、ＰＣ（Production Capability＝成果を生み出す能力）を育てていくこともできるのである。

3月6日

子どもと一対一で話す時間をつくってみよう。

子どもを本気で理解するつもりで、真剣に耳を傾ける。家庭のこと、学校のこと、あるいは子どもが直面している人生の試練や問題を、子どもの目を通して見る。

信頼口座の残高を増やす努力をし、子どもの心に空気を送り込むのである。

3月7日

シナジーとは、簡単に言えば、全体の合計は個々の部分の総和よりも大きくなるということである。

各部分の関係自体が一つの「部分」として存在するからである。しかもそれは単なる部分ではなく、触媒の役割を果たす。人に力を与え、人々の力を一つにまとめるうえで、もっとも重要な働きをするのである。

しかし創造のプロセスに歩み出すときは、とてつもない不安を感じるものだ。これから何が起こるのか、どこに行き着くのか、まったく見当がつかず、しかもどんな危険や試練が待ち受けているのかもわからないからだ。冒険心、発見しようとする精神、創造しようとする精神を持ち、一歩を踏み出すには、確固とした内面の安定性が必要となる。

居心地のよい自分の住処を離れて、未知なる荒野に分け入って行くとき、あなたは開拓者となり、先駆者となる。

3月8日

効果的でない人生を送る人は、自分の潜在能力を発揮することなく日々を過ごしている。

たとえ人生の中でシナジーを経験することがあったとしても、些細(ささい)なことであり継続もしない。

しかし、シナジーを創り出す経験は日常的に生み出せるのであり、毎日の生活で経験できるのだ。しかし、そのためには、内面がしっかりと安定し、心を開いて物事を受け入れ、冒険に心躍らせる必要がある。

3月9日

自分の本当の姿を見せ、自信を失った経験も含めて自分のことを率直に話すほど、それを聴いている人たちは、自分の経験を正直に話しても大丈夫なのだという気持ちになる。

するとあなたの正直さが相手の精神を養い、そこに真の創造的な共感が生まれ、新たな洞察や学びがもたらされる。

こうして次第に気持ちが高揚していき、冒険心が刺激されて、コミュニケーションのプロセスはシナジーへと向かっていく。

3月10日

直観的、創造的、視覚的な右脳、論理的、言語的な左脳、この両方を使いこなせれば、脳全体をフルに働かせることができる。

つまり、自分の頭の中で心理的なシナジーを創り出せるのだ。

そして左脳と右脳の両方を使うことが、現実の人生にもっとも適したやり方なのである。人生は論理だけで成り立つものではない。

半分は感情によって成り立っているのだ。

3月11日

考えたことや体験したこと、ひらめき、学んだことを日記につけることは、明確に考え、論理的に説明し、効果的に理解できる能力に影響を与える。手紙を書くときも、ただ出来事を書きならべて表面的な話に終始するのではなく、自分の内面の奥底にある考えや思いを文章で伝える努力をすることも、自分の考えを明確にし、相手からわかってもらえるように論理的に述べる訓練になる。

3月12日

知性を鍛え、自分の頭の中のプログラムを客観的に見つめることはとても大切である。より大局的な問題や目的、他者のパラダイムに照らして、自分の人生のプログラムを見直す能力を伸ばすことこそ、教育の定義だと私は考えている。

このような教育もなく、ただ訓練を重ねるだけでは視野が狭くなり、その訓練をどのような目的で行うのか考えることができなくなる。

だから、いろいろな本を読み、偉人の言葉に接することが大切なのだ。

3月13日

生態系という言葉は、基本的には自然界のシナジーを表している。すべてのものがほかのすべてのものと関係し合っている。この関係の中で、創造の力は最大化する。

「7つの習慣」も同じである。一つひとつの習慣が持つ力は、相互に関係し合ったときに最大の力を発揮するのである。

3月14日 —— インサイド・アウト

言うまでもないが、「地図と現実の場所は同一ではない」。地図は現実の場所のいくつかの要素を表したものである。

誰でも、経験や条件づけから形成されたパラダイムや頭の中の地図を通して自分の生活や人間関係を見ているものである。この頭の中の地図は、現実の場所ではない。あくまで「主観的な現実」であって、現実の場所を表現しようとしているにすぎない。

3月15日

問題の見方こそが問題である。

——インサイド・アウト

3月16日

インサイド・アウト

生活の中で比較的小さな変化を起こしたいのであれば、私たちの態度や行動に対し適切にフォーカスすれば良いだろう。しかし大きな変化、劇的な変化を望むのなら、土台となるパラダイムを変えなくてはならない。

3月17日

インサイド・アウト

人格主義の土台となる考え方は、人間の有意義なあり方を支配する**原則**が存在するということである。

自然界に存在する引力の法則などと同じように、人間社会にもまた、時間を超えて不変であり異論を挟む余地のない、普遍的にして絶対的な法則があるのだ。

3月18日

インサイド・アウト

今の社会には個性主義が蔓延(まんえん)している。人間の成長に求められる努力という自然のプロセスを踏まなくとも、個人の効果性、豊かで深い人間関係を手に入れ、充実した人生を手っ取り早く得られると示唆しているからだ。しかしそれは絵空事である。「働かなくとも簡単に金持ちになれますよ」と、そそのかしているようなものだ。

個性主義はうまくいくように思えるかもしれない。しかし、まやかしであることに変わりはない。個性主義は人を惑わし、欺く。個性主義のテクニックや応急処置的な手法で成功を手に入れようとするのは、デトロイトの地図でシカゴのどこかを目指すのと大差ない。

3月19日

インサイド・アウト

どんな分野にせよ、現在の能力レベルが一〇段階の二であるなら、五に達するためにはまず三になる努力をしなければならない。「千里の道も一歩から」始まる。何事も一歩ずつしか進めないのだ。

3月20日

インサイド・アウト

原則は灯台にたとえることができる。それは破ることのできない自然の法則である。

映画監督セシル・B・デミルは、代表作『十戒』の中で原則について次のように表現している。

「神の律法（原則）を破ることはできない。それを破ろうとすれば自分自身が破れるだけだ」

3月21日

――7つの習慣とは

真に自立した人間になれば、効果的な相互依存の土台ができる。

3月22日

わが子の成長を本当に願うなら、所有感を体験させ、分かち合うことの大切さを教え、そして自ら模範を示さなくてはならない。

――インサイド・アウト

3月23日

第一の習慣

愛は具体的な行動である。特にそれに報いてくれない相手のために犠牲を払うことである。

愛とは、愛するという行為によって実現される価値である。

3月24日

インサイド・アウト

アルベルト・アインシュタインはこう言っている。

「我々の直面する重要な問題は、その問題をつくったときと同じ思考のレベルで解決することはできない」

3月25日

インサイド・アウト

インサイド・アウトのアプローチでは、たとえばあなたが幸福な結婚生活を望むなら、まずはあなた自身が、ポジティブなエネルギーを生み出し、ネガティブなエネルギーを消し去るパートナーになる。

一〇代のわが子にもっと快活で協調性のある人間になってほしいと望むなら、まずはあなた自身が子どもを理解し、子どもの視点に立って考え、一貫した行動をとり、愛情あふれる親になる。

仕事でもっと自由な裁量がほしければ、もっと責任感が強く協力的で、会社に貢献できる社員になる。

信頼されたければ、信頼されるに足る人間になる。

才能を認められたければ（第二の偉大さ）、まずは人格（第一の偉大さ）を高めることから始めなければならない。

3月26日

7つの習慣とは

習慣の引力は、あなたが行きたい場所に行くのを妨げているかもしれない。しかし引力によって私たちは地に足をつけていられるのであり、引力が惑星を軌道に乗せ、宇宙の秩序を維持しているのも事実である。

このようにとてつもない力であるからこそ、習慣の引力も効果的に使えば、人生に効果性をもたらすために必要なバランスと秩序を生み出せるのだ。

3月27日

7つの習慣とは

自分のあり方／見方を変えることは、上向きのプロセスである。知識、スキル、意欲に働きかけることによって、長年寄りかかっていた古いパラダイムを断ち切り、個人としての効果性、人間関係の効果性の新しいレベルに到達できる。

3月28日

7つの習慣とは

幸福とは、**最終的に**欲しい結果を手に入れるために、**今すぐ**欲しい結果を犠牲にすることによって得る果実にほかならない。

3月29日

現代社会でこれほどまでに自立が強調されるのは、今までの依存状態への反発とも言えるのではないだろうか。他人にコントロールされ、他人に自分を定義され、他人に使われ、操られる状態から脱したいという気持ちの現れなのである。

しかし、依存状態にいる多くの人は、相互依存の考え方をほとんど理解していないように見受けられる。

自立の名のもとに自分勝手な理屈で離婚し、子どもを見捨て、社会的責任を放棄している人も少なくない。

3月30日

7つの習慣とは

「7つの習慣」は、**効果性**を高めるための習慣である。

原則を基礎としているので、最大限の効果が長期にわたって得られる。

個人の人格の土台となる習慣であり、問題を効果的に解決し、機会を最大限に生かし、成長の螺旋(らせん)を昇っていくプロセスでほかの原則を継続的に学び、生活に取り入れていくための正しい地図(パラダイム)の中心点を与えてくれる。

3月31日

7つの習慣とは

（企業における）ＰＣ（Production Capability＝成果を生み出す能力）活動とは、大切な顧客に自発的に接する態度と同様に、スタッフに対しても自発的に接することである。それによって、スタッフは自発的に行動でき、自分の心と頭の中にある最高のものを提供することができるのだ。

4月1日

7つの習慣とは

学んだことを素直な気持ちで教えたら、あなたに貼られていた否定的なレッテルが消えていくことに驚きを感じるだろう。

教わった人は、あなたの変化と成長を目にし、「7つの習慣」を生活に取り入れ身につけようとするあなたの努力を支え、協力してくれるようになるだろう。

4月2日

自分が自分自身をどう見ているか、他者をどう見ているかを自覚していなければ、他者が自分自身をどう見ているか、他者は世界をどう見ているかわからないだろう。

私たちは無意識に自分なりの見方で他者の行動を眺め、自分は客観的だと思い込んでいるにすぎない。

4月3日

忍耐強く取り組んでほしい。

自分を成長させるのは平たんな道のりではないが、それは至高に通じる道である。これに優る投資がほかにあるだろうか。

4月4日

人間には**刺激と反応の間に選択の自由**がある。

選択の自由の中にこそ、人間だけが授かる四つの能力がある。

自覚は、自分自身を客観的に見つめる能力だ。

想像は、現実を超えた状況を頭の中に生み出す能力である。

良心は、心の奥底で善悪を区別し、自分の行動を導く原則を意識し、自分の考えと行動がその原則と一致しているかどうかを判断する能力である。

そして意志は、ほかのさまざまな影響に縛られずに、自覚に基づいて行動する能力である。

4月5日

主体性のある人は、レスポンシビリティ（response-ability→責任と能力）を認識している。

自分の行動に責任を持ち、状況や条件づけのせいにしない。

自分の行動は、状況から生まれる一時的な感情の結果ではなく、価値観に基づいた自分自身の選択の結果であることを知っている。

4月6日

反応的な人が労力をかけるのは影響の輪の外である。他者の弱み、周りの環境の問題点、自分にはどうにもできない状況に関心が向く。自分が影響を及ぼせる物事をおろそかにしてしまうと、ネガティブなエネルギーが増え、その結果、影響の輪は小さくなっていく。

主体的な人は、影響の輪の領域に労力をかけている。主体的な人のエネルギーには、影響の輪を押し広げていくポジティブな作用があるのだ。

4月7日

自分自身に約束し、それを守る能力は、人の効果性を高める基本の習慣を身につけるために不可欠である。

――第一の習慣

4月8日

他者の弱点や欠点を批判的な目で見るのをやめ、慈しみ深い目で見る。問題はその人の弱点や欠点ではなく、それに対してあなた自身がどんな反応を選択し、何をすべきかである。

問題は「外」にある、そんな考えが芽生えたら、すぐに摘み取ってほしい。そう考えることこそが問題なのである。

4月9日

私たちが直面する問題は、次の三つのどれかである。

- 直接的にコントロールできる問題（自分の行動に関わる問題）
- 間接的にコントロールできる問題（他者の行動に関わる問題）
- コントロールできない問題（過去の出来事や動かせない現実）

自分の習慣を変える。影響を及ぼす方法を変える。コントロールできない問題ならば、自分の態度を変える。解決策はすべて、自分の影響の輪の中にあるのだ。

直接的にコントロールできる問題、間接的にコントロールできる問題、コントロールできない問題、どんな問題でも、それを解決する第一歩は私たち自身が踏み出さなくてはならない。

4月10日

第2の習慣

自分にとって本当に大切なものを知り、それを頭の中に植えつけ、そのイメージどおりになるように日々生活していれば、私たちの人生はまるで違ったものになるはずだ。

4月11日

自覚を育てていくと、多くの人は自分が手にしている脚本の欠点に気づく。まったく無意味な習慣、人生における真の価値とは相いれない習慣が深く根づいていたことを思い知らされる。

しかし、私たち人間は、自分自身の想像力と創造力を使って、効果的な生き方の脚本を書くことができる。

4月12日

インサイド・アウト

農場は自然のシステムで動いている。必要な務めを果たし、定まった手順を踏まねばならない。

農場に一夜漬けは通用しない。春に種蒔(ま)きを忘れ、夏は遊びたいだけ遊び、秋になってから収穫のために一夜漬けで頑張る。そんなことはありえない。

種を蒔(ま)いたものしか刈り取れない。そこに近道はないのだ。

4月13日

仮に私が自分の評判や所有物で心の安定を得ているとしたら、それを失いはしまいか、盗まれはしないか、あるいは価値が下がりはしないかと不安で、心の休まる間もないだろう。

私よりも社会的地位の高い人や資産を多く持っている人の前では劣等感を覚え、逆に私よりも社会的地位が低く、資産も持っていない人の前では優越感に浸る。

自尊心は揺らぎっぱなしである。しっかりとした自我、確固とした自分というものがない。何よりも自分の資産、地位、評判を守ることに必死だ。

4月14日

あなたが原則中心のパラダイムに基づいて態度を決めるのであれば、どんな態度を選んだにしても、その選択の意味合いは大きく違ってくる。あなたは他者や状況の影響を受けて決断するのではないということだ。自分が一番良いと思うことを主体的に選択するのである。意識的にさまざまな要素を考慮したうえで、意識的に決断を下すのだ。

4月15日

「影響の輪」の外に人生の意味を探し求めるのは、主体的な人間としての責任を放棄し、第一の創造（知的創造）を自分が置かれた環境や他者に任せてしまうことである。

4月16日

自分で自分の人生を創造することは、単発的に行うものではない。人生のミッション・ステートメントを書くときから始まって、書き上げれば終わりというわけにはいかない。人生に対する自分のビジョンと価値観を常に目の前に掲げ、それにふさわしい生活を送る努力を続けなければならない。

ミッション・ステートメントを日々の生活で実践するうえでも、右脳の力がとても助けになる。このような継続的なプロセスも、「終わりを思い描くことから始める」習慣の一つのあり方である。

4月17日

終わりを思い描くことから始める習慣を身につけるには、個人の**ミッション・ステートメント**を書くのがもっとも効果的だ。

個人のミッション・ステートメントには、どのような人間になりたいのか（人格）、何をしたいのか（貢献、功績）、そしてそれらの土台となる価値観と原則を書く。

一人ひとり個性が異なるように、個人のミッション・ステートメントも同じものは二つとない。形式も中身も人それぞれである。

4月18日

自分にとって一番重要なこと、もっとも大切にするべきことを決めたら、それ以外のことには「ノー」と言えなければならない。

目の前に現れた用事が緊急に見えなかったとしても、それははるかにもっと重要で、あなたの人生そのものに関わる事柄だったのかもしれない。緊急な用事が「良い」ものであっても、それを端から受け入れていたら、あなたにとって「最良」のものに手が回らなくなる。あなたにしかできない貢献ができなくなるのである。

4月19日

「時間管理」という言葉そのものが間違っている。
問題は時間を管理することではなく、自分自身を管理することだからだ。

4月20日

自分を効果的にマネジメントできている人は、自分の内面にある規律に従い、意志を働かせて行動している。

内面の奥深くにある価値観とその源に従い、自分を律している。感情や衝動、気分に流されず、自分の価値観を優先できる意志と誠実さを持っているのである。

4月21日

人との関係を**効率**で考えることはできない。**モノ**は**効率**で考えられるが、**人**に対しては**効果**の観点から考えなければならない。

私自身のこれまでの経験からしても、自分と違う意見の人に**効率的**に意見の違いを説明しようとしてうまくいったためしはない。

わが子や会社の社員が何か問題を抱えたとき、一〇分間の「質の高い時間」を使って解決しようとしたこともあったが、そのような**効率優先の態度**は新たな問題を生むだけで、根本的な問題の解決にはならないことも思い知らされた。

4月22日

相互依存のパラダイム

相互依存は、自立を達成した人間にしかできない選択である。

本当の意味で自立した人間になる努力をせずに、人間関係のスキルだけを磨くのは愚かなことだ。

環境や条件が良ければ、ある程度はうまくいくかもしれない。

しかし、困難なことは必ず起こる。そうしたとき、すべての土台が崩れてしまい、保つことができなくなるだろう。

4月23日

相互依存のパラダイム

行動でつくった問題を言葉でごまかすことはできない。

4月24日

相互依存のパラダイム

結婚生活のように長く続く人間関係であればなおさら、継続的な信頼口座の預け入れをしておかなければならない。

お互い期待感を持ち続けるため、古い預け入れ残高はどんどん減っていくからだ。

長年会っていなかった学生時代の友人にばったり出会ったりすると、昔と変わりなく話ができる。それは以前の貯えがそっくりそのまま残っているからだ。

しかし、しょっちゅう顔を合わせる人とは、まめに残高をチェックして預け入れをしなければならない。

4月25日 ―――― 相互依存のパラダイム

誠実さとはまた、人をだましたり、裏をかいたり、人の尊厳を踏みにじるような言動をつつしむことでもある。

ある人の定義に従えば、「嘘とは人をあざむく意図のある言動のすべて」である。

誠実な人間であれば、言葉にも行動にも人をあざむく意図は微塵もないのである。

4月26日

Ｗｉｎ－Ｗｉｎは、すべての人間関係において、必ずお互いの利益になる結果を見つけようとする考え方と姿勢である。

何かを決めるときも、問題を解決するときも、お互いの利益になり、お互いに満足できる結果を目指すことである。Ｗｉｎ－Ｗｉｎの姿勢で到達したソリューション、当事者全員が納得し満足し、合意した行動計画には必ず実行する決心をするものである。Ｗｉｎ－Ｗｉｎのパラダイムは、人生を競争の場ではなく協力の場ととらえる。

4月27日

あなたが、配偶者、子ども、隣人、上司、同僚、友人、誰とでも他者とうまくつき合い、影響を与えたいと思うなら、まずその人を理解しなければならない。

しかし、それはテクニックだけでは絶対にできない。

あなたがテクニックを使っていると感じたら、相手はあなたの二面性、操ろうとする気持ちをかぎとるだろう。

「何でそんなことをするのだろう、動機は何だろう」と詮索するだろう。

そして、あなたには心を開いて話をしないほうがいい、と身構えることになる。

4月28日

共感とは、相手の視点に立ってみることである。相手の目で物事を眺め、相手の見ている世界を見ることである。それによって、相手のパラダイム、相手の気持ちを理解することである。

共感は同情とは違う。同情は一種の同意であり、価値判断である。たしかに、共感よりも同情してあげるほうが適切な場合もある。しかし同情されてばかりいたら、人は同情を当てにするようになり、依存心が強くなってしまう。

共感の本質は、誰かに同情することではない。感情的にも知的にも、相手を深く理解することなのである。

4月29日

お互いに本当に深く理解し合えたとき、創造的な解決策、第3の案に通じる扉が開かれる。私たちの相違点が、コミュニケーションや進歩を妨げることはなくなる。それどころか、違いが踏み台になって、シナジーを創り出すことができるのである。

4月30日

今度誰かの話を聴いていて、つい自分の経験談、自叙伝を持ち出し、質問して探ったり、自分勝手な評価や助言、解釈をしてしまったら、素直にそれを認めて謝る（「ごめんね。君の話を本当に理解するつもりで聴いていないことに気づいた。最初からやり直してもいいかな？」）。

このような態度は信頼口座への預け入れになる。

5月1日

シナジーによる新しい選択を探るとき、創造的な活動のほとんどは、予測のつかない出来事がつきものである。

先が見えず、当たるのか外れるのかもわからず、試行錯誤の連続である。だから、こうした曖昧(あいまい)な状況に耐えることができる安定性、原則と内なる価値観による誠実さがなければ、創造的な活動に参加しても不安を感じるだけで、楽しくもないだろう。

こういう人たちは、枠組み、確実性、予測を過度に求めるのだ。

5月2日

人間同士の相互依存で成り立つ現実の世界で生きているにもかかわらず、それに気づかずに問題を解決したり、何かを決定したりするとき、人はどれほど多くのエネルギーを無駄に使っていることだろう。

他人の間違いを責める。政治的な工作に奔走する。ライバル心を燃やして対立する。保身に神経をとがらせる。陰で人を操ろうとする。人の言動の裏を読もうとする。こうしたことにどれだけの時間を浪費しているだろうか。

まるで右足でアクセルを踏みながら左足でブレーキを踏んでいるようなものである。

5月3日

第6の習慣

シナジーの本質は、お互いの違いを認め、尊重し、自分の強みを伸ばし、弱いところを補うことである。

5月4日

問題の分析と解決に積極的に関わり、自分のものとして真剣に取り組むほど、一人ひとりの創造力が大きく解き放たれ、自分たちが生み出した解決策に責任を持ち、実行できるようになる。

そしてこれはまさに、世界市場を変革した日本企業の力の神髄であると断言できる。

5月5日

自分が参加していないことに打ち込む決意をする人などいない。参加なければ決意なしと紙に書いて、星印をつけ、丸で囲み、アンダーラインを引いてほしい。

関わらなければ、決意はできないのだ。

5月6日

第7の習慣

自分の人生を自分で導くために、リーダーシップを生活の中心に置き、人生の方向、人生の究極の目的を見つめる時間をとると、その効果は傘のように大きく広がり、ほかのあらゆるものすべてに影響を与える。

それによって私たちの精神は再新再生され、新たな気持ちになれるのである。

5月7日

あなたのこれまでの人生を振り返ってみてほしい。

すっかり自信をなくしていたとき、あなたを信じていてくれた人がいたはずだ。その人はあなたに良い脚本を与えてくれた。

それがあなたの人生にどれだけ大きな影響を及ぼしただろうか。

5月8日

インサイド・アウト

誰しも、自分は物事をあるがままに、**客観的**に見ていると思いがちである。だが実際はそうではない。私たちは、世界を**あるがまま**に見ているのではなく、**私たちのあるがまま**の世界を見ているのであり、自分自身が条件づけされた状態で世界を見ているのである。

5月9日

インサイド・アウト

私たちの頭の中の地図またはパラダイムをこれらの原則、自然の法則に近づけるほど、地図は正確になり、機能的に使えるようになる。

正しい地図は、個人の効果性、人間関係の効果性に計り知れない影響を与える。態度や行動を変える努力をいくらしても追いつかないほど、大きな変化を遂げられるのである。

5月10日

可能性という原則は、私たちは常に成長することができ、潜在する能力を発見し、発揮し、さらに多くの才能を開発できるという原則である。

成長は**可能性**に関連する原則である。

成長とは、潜在能力を発揮し、才能を開発するプロセスであり、これには**忍耐**や**養育**、**励まし**といった原則が必要になる。

インサイド・アウト

5月11日 インサイド・アウト

わからないところを教師に質問しなければ、教師はあなたの現在のレベルを把握できないのだから、あなたは何も学べず、成長できない。いつまでもごまかしきれるものではなく、いずれ馬脚を現すことになる。学習の第一歩は、自分の無知を認めることである。

ソローの言葉を借りよう。「自分の知識をひけらかしてばかりいたら、成長にとって必要な自分の無知を自覚することなど、どうしてできるだろうか」

5月12日

インサイド・アウト

問題は奥さん（ご主人）にあるのではなく、自分自身にあるとは考えられないだろうか。

妻（夫）の無理解をそのままにし、理解してもらう努力をせずにこれまで暮らしてきた結果ではないだろうか。

妻（夫）、結婚生活、真の愛情について持っている基本のパラダイムが問題を悪化させていることはないだろうか。

5月13日

7つの習慣とは

話を聴く必要性を知り、聴くスキルを持っていたとしても、それだけでは足りない。

聴きたいと思わなければ、つまり**意欲**がなければ、習慣として身につくことはない。

5月14日

「7つの習慣」との関係を生徒（教わる側）から教師（教える側）に転換することを勧めたい。

インサイド・アウトのアプローチにならって、学んだことを二日以内にほかの人に教えることを前提として読んでほしい。

そうすれば、内容をよく覚えられるだけでなく、視野も広がり、理解が深まり、学んだことを実践してみようという意欲が湧いてくるはずだ。

5月15日

依存状態への反発として、人々は「足かせを捨てる、解放される」「自分を主張する」「自分らしく生きる」ことを求めるわけだが、この反発は実は、もっと根深く、逃れることのできない依存状態の現れでもある。

他者の弱さに気持ちを振り回され、あるいは他者や物事が自分の思いどおりにならないからといって被害者意識を持つなど、内的な依存心ではなく、外的な要因に依存しているからだ。

5月16日

7つの習慣とは

黄金の卵（成果）だけに目を向け、ガチョウ（成果を生み出す資本）を無視するような生活を送っていたら、黄金の卵を生む資産（ガチョウ）はたちまちなくなってしまう。逆にガチョウの世話ばかりして黄金の卵のことなど眼中になければ、自分もガチョウも食い詰めることになる。

5月17日

顧客第一を掲げながら、顧客に接するスタッフのことはまるでないがしろにしている企業は少なくない。スタッフはＰＣであり、会社は**大切な顧客に臨む接客態度でスタッフに接する**ことが原則である。

5月18日

私たちは他者に対して、そこにどんな姿を映してあげているだろうか。そして、それらは彼らの人生にどれだけの影響を及ぼしているだろうか。他者の姿は、その人の人生に計り知れない影響を及ぼしているのである。

もの見方を変えれば、ほかの人たちの信頼口座（信頼の積み重ね）に大きな預け入れができる。

配偶者、子ども、同僚、部下と接するとき、相手の内面に眠っている潜在能力が見える人は、記憶よりも想像力を使う。相手にレッテルを貼ろうとせず、会うたびに新鮮な目でその人を見ることができる。

5月19日

自分の価値観に従って生活すれば、あるべき自分を意識し、誠実、自制心、内面から導かれる感覚を得て、充実し平安な気持ちに満たされる。他者の意見や他者との比較からではなく、自分の内面から自分自身を定義できる。正しいか間違っているかは他者が決めるのではなく、自分で判断できるようになるのである。

逆説的だが、周りからどう見られているかが気にならなくなると、他者の考えや世界観、彼らとの関係を大切にできるようになる。

他者の弱さに感情を振り回されることがなくなる。さらに、自分の心の奥底に揺るぎない核ができるからこそ、自分を変えようという意欲が生まれ、実際に変わることができるのである。

5月20日

人間だけに授けられた四つの能力（自覚、想像、良心、意志）が、人間を動物の世界よりも高い次元へ引き上げている。

これらの能力を使い、開発していくことができれば、すべての人間に内在する可能性を引き出せる。

5月21日

――――――――第一の習慣

すべての人間に内在する最大の可能性とは、刺激と反応の間に存在する選択の自由なのである。

5月22日

人間は本来、主体的な存在である。

だから、人生が条件づけや状況に支配されているとしたら、それは意識的にせよ無意識にせよ、支配されることを自分で選択したからに他ならない。

5月23日

私たちが普段話している言葉一つとっても、主体性の度合いを測ることができる。反応的な人の言葉は、自分の責任を否定している。

「僕はそういう人間なんだよ。生まれつきなんだ」（人はすでに決定づけられ、変わりようがない。だから自分の力ではどうにもできない）

「それはできません。時間がないんです」（時間が限られているという外的要因に支配されている）

「妻がもっと我慢強かったら」（他者の行動が自分の能力を抑えつけている）

「これをやらなければならないのか」（状況や他者から行動を強要されている。自分の行動を選択する自由がない）

反応的な人の言葉は、決定論のパラダイムから生まれる。彼らの言葉の裏にあるのは、責任の転嫁である。**自分には責任がない、自分の反応を選ぶことはできない**と言っているのである。

5月24日

反応的な言葉の厄介なところは、それが自己達成予言になってしまうことだ。

決定論のパラダイムに縛られている人は、自分はこういう人間だという思い込みを強くし、その思い込みを裏づける証拠を自分でつくり上げてしまう。

こうして被害者意識が増していき、感情をコントロールできず、自分の人生や運命を自分で切り開くことができなくなる。自分の不幸を他者や状況のせいにする。星のせいだとまで言い出しかねない。

5月25日

日常の平凡な出来事の中でも、人生の大きなプレッシャーに主体的に取り組む力をつけることはできる。

どのような約束をして、どのようにそれを守るか、交通渋滞にどう対処するか、怒っている顧客や言うことを聞かない子どもにどのような反応を選択するか、問題をどうとらえるか、何に自分の努力を傾けるか、どのような言葉遣いをするか、といったことが大切なのである。

5月26日

自分が**直接的にコントロールできる**問題（自分の態度も含む）は、習慣を改めれば解決できる。

間接的にコントロールできる問題（他人の態度も含む）は、影響を及ぼす方法を考えることで解決できる。

私は、影響を及ぼす方法を三〇種類以上は知っているつもりだ。相手の立場に身を置いて考える、それとは反対に相手とは違う自分の主張をはっきりさせる、あるいは自分が模範となる、説得する。ほかにもいろいろある。しかしほとんどの人は、三つか四つのレパートリーしか持ち合わせていない。

たいていは自分の行動の理を説き、それがうまくいかないとなると、「逃走」か「闘争」かのどちらかになる。これまでやってきて効果のなかった方法を捨て、影響を与える新しい方法を学び受け入れれば、どれだけ解放的な想いになることができるだろうか。

5月27日

自分では**コントロールできない**問題の場合には、その問題に対する態度を根本的に改める必要がある。どんなに気に入らなくとも、自分の力ではどうにもできない問題なら、笑顔をつくり、穏やかな気持ちでそれらを受け入れて生きるすべを身につける。

アルコール依存症の更生団体が唱える祈りは、まさに的を射ている。

「主よ、私に与えたまえ。変えるべきことを変える勇気を、変えられないことを受け入れる心の平和を、そしてこれら二つを見分ける賢さを」。

5月28日 ―― 第2の習慣

はしごを掛け違えていたら、一段上るごとに間違った場所に早く近づいていくだけである。

5月29日

（家庭において）一番の預け入れは、口を挟まず黙って話を聴いてやることだ。説教したり、自分の若い頃の経験を得意がって話して聞かせたりせず、子どもの話にひたすら耳を傾け、理解しようとすることだ。

おまえのことを大切に思っている、おまえを一人の人間として認めているのだと、態度で伝えるのである。

最初のうちは何の反応もないかもしれない。

しかし、あなたが偽りのない本心からの預け入れを続けていれば、残高が増えていく。

5月30日

相互依存のパラダイム

「こうべを垂れるならば、深く垂れよ」という東洋の格言がある。キリスト教には「最後の一文まで払え」という言葉がある。失った信頼を埋め合わせる預け入れにするには、本気で謝らなければならないし、相手にもこちらの誠意が伝わらなければならない。

レオ・ロスキンはこう教えた。「弱き人こそ薄情である。優しさは強き人にしか望めない」

5月31日

多くの経営者や管理職、親はＷｉｎ－ＬｏｓｅとＬｏｓｅ－Ｗｉｎの間を振り子のように行ったり来たりしている。

秩序が乱れ、方向がずれて期待どおりに進まず、規律のない混乱した状態に耐えられなくなるとＷｉｎ－Ｌｏｓｅになり、そのうち自分の高飛車な態度に良心が痛んでくると、Ｌｏｓｅ－Ｗｉｎになって、怒りやイライラが募ってＷｉｎ－Ｌｏｓｅに逆戻りするわけである。

6月1日

第2の習慣

まったく効果のない、多忙きわまりない日々を送っていることが大いにありうる。

6月2日

自分で気づいていようといまいと、また、意識的にコントロールしていようといまいと、人生のすべてのことに第一の創造は存在する。第一の創造によって自分の人生を自分の手で描ければ第二の創造で主体的なあなたができるが、第一の創造を他者に委ねれば、あなたは他者によってつくられることになる。

6月3日

人は変わることができる。

過去の記憶に頼って生きるのではなく、想像力を働かせて生きることができる。

過去ではなく、自分の無限の可能性を意識して生きることができる。

私は、自分自身の第一の創造者になることができるのだ。

6月4日

あなたが自分の人生におけるミッションを見いだし、意識できれば、あなたの内面に主体性の本質ができる。人生を方向づけるビジョンと価値観ができ、それに従って長期的・短期的な目標を立てることができる。

個人のミッション・ステートメントは、正しい原則を土台とした個人の成文憲法である。この憲法に照らして、自分の時間、才能、労力を効果的に活用できているかどうかを判断することができるのだ。

6月5日 ―― 第2の習慣

原則には必ず自然の結果がついてくる。原則と調和して生きていれば、良い結果になる。原則を無視した生き方をしていたら、悪い結果になる。しかし、これらの原則は、本人が意識していようといまいと誰にでも関わるものであるから、この限界も万人に平等に働く。

正しい原則を知れば知るほど、賢明に行動する自由の幅が広がるのである。

6月6日

第2の習慣

心の枠を取り払って、豊かに想像してみてほしい。

細かいところまで思い描き、五感をフルに働かせて、できる限りの感性を呼び起こしてみよう。

6月7日

効果的な目標は、行為よりも結果に重点を置く。行きたい場所（到達したい目標）をはっきりと示し、そこにたどり着くまでの間、自分の現在位置を知る基準になる。たどり着くための方法と手段を教えてくれるし、たどり着いたら、そのことを教えてくれる。

あなたの努力とエネルギーを一つにまとめる。目標があればこそ、自分のやることに意味と目的ができる。

6月8日 ―― 第3の習慣

私自身の効果性を最大化するために**右脳でリーダーシップ、左脳でマネジメント**と考えている。

6月9日

自分が持っているプログラムを見つめる自覚があれば、想像力を働かせ、良心に従って、原則中心の新しい、自分だけのプログラムを書くことができる。

そのプログラムこそが、あなたにとっての「イエス」となり、それ以外の大切ではない用件に心から微笑んで「ノー」と言える意志の力を持つことになるのだ。

6月10日

第3の習慣

モノや時間には重点を置かず、人間関係を維持し、強くしながら、結果を出すことである。

6月11日

すべてのことを達成するには、自分の時間を使って実行するか、人に任せるか、どちらかしかない。

ここで大事なのは、自分の時間を使うときは**効率性**を考え、人に任せるときは**効果性**を考えることである。

6月12日

相互依存のパラダイム

自分をコントロールできている人、本当の意味で自立している人だけが、真の自尊心を持つことができる。

6月13日

相互依存のパラダイム

根のない木に実はつかない。
これは原則であり、ものには順序がある。
私的成功は、公的成功に先立つ。
自分を律し、自制することが、他者との良好な関係を築く土台になる。

6月14日

相互依存のパラダイム

約束を守る習慣を身につけることによって、あなたと他者の人間関係の溝に信頼という橋を架けられる。

6月15日

相互依存のパラダイム

正直は誠実さの一部であって、誠実であることは正直以上のものである。正直とは真実を語ることであり、言い換えれば、**現実に自分の言葉を合わせること**だ。

これに対して誠実さとは、**自分の言葉に現実を合わせること**である。約束を守ること、相手の期待に応えることが、誠実な態度である。

誠実であるためには、裏表のない統一された人格がなくてはならない。自分自身のあり方にも、自分の生き方にも。

6月16日

相互依存のパラダイム

国連事務総長だったダグ・ハマーショルドは、とても意味深い言葉を残している。

「大勢の人を救おうと一生懸命に働くよりも、一人の人のために自分のすべてを捧げるほうが尊い」

6月17日

本当に食うか食われるかの事態だったら、お互いの立場を尊重してWin-Winを目指そう、などと呑気なことは言っていられない。

しかし人生の大半は競争ではない。

あなたは毎日、パートナーと競争して暮らしているわけではないし、子ども、同僚、隣人、友人たちといつも競争しているわけではない。「お宅では夫婦のどちらが勝ってます？」などという質問は馬鹿げている。夫婦が二人とも勝者でなければ、二人とも敗者なのである。

6月18日

豊かさマインドは、内面の奥深くにある自尊心と心の安定から湧き出るものである。

この世にはすべてのものが全員に行きわたってもなお余りあるほどたっぷりとある、と考えるパラダイムである。

だから、名誉も評判も、利益も、何かを決定するプロセスも、人と分かち合うことができる。こうして可能性、選択、創造力の扉が開かれるのだ。

6月19日

私があなたに心を開かない限り、あなたが私という人間のことも、私が置かれた状況や私の気持ちも理解できない限り、私の相談に乗ることもアドバイスしようにも無理だということである。

あなたの言うことがいくら立派でも、私の悩みとは関係ないアドバイスになってしまう。

6月20日

相手と同じ視点に立って、相手が見ているのと同じ世界を見られるようになるには、人格を磨き、本当に理解したいという純粋な気持ちになり、相手との高い信頼残高、共感による傾聴のスキルを育てることが必要である。

6月21日

インサイド・アウト

手法は個々の状況に応じて使い分けるものだが、原則は、あらゆる状況に普遍的に応用できる深い基本の真理である。

個人にも、夫婦や家族にも、あらゆる民間・公的組織にも当てはめることができる。

たとえば企業がこれらの真理を組織内に習慣として根づかせれば、社員は状況に応じて対処する多種多様な手法を自分で考え出すことができる。

6月22日

第5の習慣

配偶者と定期的にデートしてみるのもいいだろう。食事に行くのもいいだろうし、二人で楽しめることをする。お互いの話に耳を傾け、わかり合う努力をする。お互いの目を通して、人生を見つめてみる。

6月23日

自然界はシナジーの宝庫だ。たとえば二種類の植物を隣り合わせて植えると、根が土中で入り組み、土壌を肥やし、一種類だけを植えた場合よりもよく育つ。二本の木材を重ねれば、一本ずつで支えられる重量の和よりもはるかに重いものを支えられる。

全体は各部分の総和よりも大きくなるのである。一プラス一が三にも、それ以上にもなる。

6月24日

東洋に「師を真似ることを求めず、師の求めたものを求めよ」という至言がある。

これにならえば、過去のシナジー体験を真似るのではなく、それとは異なる目的、より高い目的を達成するための新しいシナジーを求めることができるのである。

6月25日

敵対心を向けられるような厳しい状況にあっても、自分の内面であればシナジーを創り出すことはできる。侮辱を真に受ける必要はないし、他者が発するネガティブなエネルギーは身をかわしてよければいい。

他者の良い面を探し出し、それが自分とはまるで異なっていればなおさら、そこから学んで視野を広げていくことができる。

6月26日

多くの人は、「運動する時間なんかない」と思っている。しかしこれは大きく歪んだパラダイムだ。

「運動せずにいてもよい時間などない！」と思うべきなのである。せいぜい週に三時間から六時間程度、一日おきに三〇分くらい身体を動かせばいいのである。週の残り一六二時間から一六五時間を万全の体調で過ごせるのだから、たったこれだけの時間を惜しむ理由などないだろう。

6月27日

継続的に学ぶこと、知性を磨き広げていく努力をすることは、知的側面の再新再生には不可欠である。

学校に通うとか、体系的な学習プログラムを受講するなど、外からの強制的な教育が必要な場合もあるだろうが、たいていはそのようなものは不要である。

主体的である人なら、自分の知性を磨く方法をいくらでも見つけられるだろう。

6月28日

成長の螺旋（らせん）階段を上るには、より高い次元で**学び、決意し、実行すること**が求められる。このうちのどれか一つだけで十分だと思ったならば、それは自分を欺いていることになってしまう。

たえず上を目指して上っていくには、学び、決意し、実行し、さらにまた学び、決意し、実行していかなくてはならないのである。

6月29日

インサイド・アウト

自分の頭の中にある地図、思い込み、つまり基本的なパラダイムと、それによって受ける影響の程度を自覚し、理解するほど、自分のパラダイムに対して責任を持てるようになる。

自分のパラダイムを見つめ、現実に擦り合わせ、ほかの人の意見に耳を傾け、その人のパラダイムを受け入れる。その結果、はるかに客観的で、より完成されたものの見方ができるようになるのだ。

6月30日 ——— インサイド・アウト

実業界でも、成長の自然のプロセスを無視して近道を行こうとする例は枚挙にいとまがない。

経営陣は、厳しい訓示、笑顔をつくるトレーニング、外部の介入、あるいはM&A、友好的買収や敵対的買収などによって、新しい企業文化を「購入」し、生産性、品質、社員の士気、顧客サービスを高めようとする。

しかし、このような操作が職場の信頼の低下につながっていることに目を向けようとはしない。これらのテクニックがうまくいかなければ、別の個性主義的テクニックを探し始める。かくして、企業文化の土台となる信頼という原則とプロセスはいつまでも無視されるのである。

7月1日

偽善や下心からではなく、純粋に相手を理解しようと努力すれば、相手のあるがままの想い、理解が流れ出てきて、聴いているほうは文字どおり言葉を失うことがあるはずだ。

相手の身になって共感するのに、言葉など要らないこともある。むしろ言葉が邪魔になることさえある。

だからテクニックだけではうまくいかないのだ。このような深い理解には、テクニックではとても到達できるものではない。テクニックだけに頼っていたら、かえって理解を妨げてしまう。

7月2日 ——— インサイド・アウト

何を教えるにもタイミングが重要だということである。関係が張りつめ感情的な雰囲気になっているときに教えようとすると、子どもはそれを親からの裁きや拒絶と受け取るものである。

しかし落ち着いたときを見はからって子どもと二人きりになり、静かに話し合えば、大きな効果が期待できる。

7月3日

真に自立すれば、周りの状況に左右されず、自分から働きかけることができる。

状況や他者に対する依存から解放されるのだから、自立は自分を解き放つ価値ある目標と言えるだろう。

しかし有意義な人生を送ろうとするなら、自立は最終目標にはならない。

7月4日

金の卵を増やして生活を豊かにしようとして元金に手をつければ、元金が減り、したがって利息も減る。

元金はだんだんと縮小していき、やがて生活の最小限のニーズさえ満たせなくなる。

7月5日

習慣を変えることはできる。それまでの自滅的な行動パターンを捨て、新しいパターン、効果性、幸福、信頼を土台とする関係を生み出す新たなパターンを身につけることができるのだ。

「7つの習慣」を学ぶとき、あなたの変化と成長の扉をぜひ開けてほしい。

7月6日 ——— 第一の習慣

衝動を抑え、価値観に従って行動する能力こそが主体的な人の本質である。

反応的な人は、その時どきの感情や状況、条件づけ、自分を取り巻く環境に影響を受ける。

主体的な人は、深く考えて選択し、自分の内面にある価値観で自分をコントロールできるのである。

7月7日

自分の意識が関心の輪に向いているのか、影響の輪に向いているのかを判断するには、自分の考え方が**持つ**（**have**）と**ある**（**be**）のどちらなのかを考えてみればいい。

関心の輪は、**持つ**という所有の概念であふれている。

「家**さえ持てれば**幸せになった……」「もっと部下思いの上司を**持っていたら**……」「もっと忍耐強い夫を**持っていたら**……」「もっと素直な子どもを**持っていたら**……」「学歴**さえ持っていたら**……」「自由になる時間を**持っていたら**……」

これに対して影響の輪は、**ある**ことで満ちている。

「私はもっと忍耐強く**あるぞ**」「もっと賢く**ある**」「もっと愛情深く**ある**」

7月8日

第一の習慣

深く正直に「今日の私があるのは、過去の選択の結果だ」と言えなければ、「私はほかの道を選択する」と言うことはできないのだ。

7月9日

日々の生活の中で自覚を育て責任を持って第一の創造を行えるようにならなければ、自分の人生の行方を影響の輪の外にある状況やほかの人たちに委ねてしまうことになる。

7月10日

Ｌｏｓｅ－Ｗｉｎタイプの人はさまざまな感情を胸の奥底に押し隠していることである。

口に出さないからといって、負けて悔しい感情は、時間が経ってからもっとひどいかたちで表に出てくる。

特に呼吸器系や神経系、循環器系に症状の出る心身症の多くは、Ｌｏｓｅ－Ｗｉｎの生き方を続けたことによって抑圧され、積もり積もった恨み、深い失望、幻滅が病気に姿を変えて表に噴出したのである。

過度な怒り、些細（ささい）な挑発への過剰反応、あるいは世をすねるような態度も、感情を押し殺してきたせいなのである。

より高い目的に到達するために自分の気持ちを乗り越えようとせず、ひたすら感情を抑えることだけを考えていたら、自尊心を失い、しまいには人間関係にも影響が及んでしまう。

7月11日

相互依存のパラダイム

相手を本当に理解しようとする姿勢は、もっとも重要な預け入れである。またほかのすべての預け入れの鍵となる。相手を理解できなければ、その人にどのような預け入れをすればよいかわからないからだ。

7月12日

重要度は結果に関係する。重要な用事は、あなたのミッション、価値観、優先度の高い目標の実現につながるものである。

何が重要なのか、人生において追求する結果をはっきりと思い描けていない人は、緊急の用事ばかりに簡単に反応し、人生の目的からそれていってしまう。

7月13日

人生におけるすべての行動を測る尺度、基準として、自分の**人生の最後**を思い描き、それを念頭に置いて今日という一日を始めることである。

人生が終わるときをありありと思い描き、意識することによって、あなたにとってもっとも重要な基準に反しない行動をとり、あなたの人生のビジョンを有意義なかたちで実現できるようになる。

7月14日

第2の習慣

マネジメントはボトムライン（最終的な結果）にフォーカスし、目標を達成するための手段を考える。

それに対してリーダーシップはトップライン（目標）にフォーカスし、何を達成したいのかを考える。

成功のはしごを効率的にうまく登れるようにするのがマネジメントであり、はしごが正しい壁に掛かっているかどうかを判断するのがリーダーシップである。

7月15日

自分の考えと「間違った考え」の二つしか見えないときは、あなたの内面でシナジーを創り出して、第3の案を探すことができる。

Win-Winの精神を発揮し、本気で相手を理解しようとすれば、当事者全員にとってより良い解決策が見つかるはずだ。

7月16日

組織の全員が本心から共感できるビジョンと価値観を反映したミッション・ステートメントは、組織の結束と決意を生み出す。

そのようなミッション・ステートメントを持つ組織では、一人ひとりが自分の役割に打ち込める。

一人ひとりの心と頭の中に、自分の行動を導く基準、ガイドラインができているから、他人からの管理、指示も要らなくなる。

組織がもっとも大切にする不変の中心を、全員が自分のものとしているからである。

7月17日

第2の習慣

自分の人生の中心に置くものが何であれ、それは安定、指針、知恵、力の源になる。

7月18日

原則中心の人は物事を見る目が違うのだ。

違った見方ができるから、考え方も違ってくるし、行動も違う。

揺るぎない不変の中心から生まれる心の安定、指針、知恵、力を持っているから、主体性にあふれ、きわめて効果的な人生の土台ができるのである。

7月19日

世界のトップアスリート、そしてスポーツ以外の分野のトップパフォーマーのほとんどが、イメージトレーニングをしていることがわかった。実際にやってみる前に、それを頭の中で見て、感じて、経験しているのである。彼らはまさに、「終わりを思い描くことから始める」習慣を身につけていたのだ。

あなたも、舞台に立つ前に、セールス・プレゼンテーションの前に、誰かと厳しい交渉をする前に、あるいは日常生活の中で何か目標を立てて実行に移す前に、その場面をありありと思い描く。それを何度も、しつこいくらいに繰り返す。

緊張せず落ち着いていられる「安心領域」を想像の世界の中で広げておく。そうすれば、実際にその場面になったとき、異和感なく平常心でいられる。

7月20日

家族の中心にあるべきもの――家族全員が共有するビジョンと価値観――は、不変であり、消えてしまうこともない。
それをミッション・ステートメントに書くことによって、家族に真の土台をもたらしてくれる。

7月21日

セルフ・マネジメントに真の効果性をもたらすには、人間だけに授けられた四つの能力（自覚・想像・良心・意志）の四番目、**意志**を活用することだ。

意志とは、決断し選択する能力であり、決めたことに従って行動する能力である。他者や周りの状況の影響に動かされるのではなく、自分の考えで行動し、自覚、想像、良心を使って書いたプログラムを実行する能力である。

日々のあらゆる決断と意志によって、自分をマネジメントする力が徐々についてくるのである。

7月22日

建築の世界には、「形態は機能に従う」という言葉がある。

これと同じで、マネジメントはリーダーシップに従う。

あなたの時間の使い方は、あなたが自分の時間や優先すべきことをどうとらえているかで決まる。

7月23日

時間の使い方だけなら**効率**で考えてもかまわないが、人間関係はそうはいかない。原則中心の生き方をしている人は、人間関係を**効果**の観点からとらえる。

原則中心の生活を送ろうとするなら、スケジュールを曲げても人間関係を優先しなければならないことがある。

7月24日

ほとんどの人は、計画に従って行動するように自分自身を律することができないと言う。しかしよく考えてみれば、根本的な問題は、彼らの言っている「優先順位」が頭と心に深く根づいていないことだ。

彼らは、**緊急ではないが重要な活動**に高い優先順位をつけ、何とか自分を律して生活に取り入れ、実践しようと努力する。

しかし、ミッション・ステートメントを定め、原則を生活の中心に置いていなければ、その努力を続けていくための土台がないのである。

自分が自然にとる態度や行動、いわば表に出ている「葉っぱ」だけに働きかけて、その基となっている「根っこ」——自分の基本のパラダイム——を見つめ、それが正しいかどうか考えてみようともしないからだ。

7月25日

相互依存のパラダイム

世間一般で言う「Win-Winの交渉術」や「傾聴法」「クリエイティブな問題解決テクニック」をいくら学んでも、しっかりした人格の土台がなければ、公的成功はありえないのである。

本当の意味で自立した人間でなければ、他者との効果的な相互依存関係は築くことはできない。

7月26日

相互依存のパラダイム

人間関係を築くときにもっとも大切なのは、あなたが何を言うか、どう行動するかではない。あなたがどういう人間かということだ。

言葉や行動が、あなたの内面の中心からではなく、表面だけの人間関係のテクニックから生まれていたら、相手はすぐにその二面性を感じとる。安易なテクニックでは、効果的な相互依存に必要な土台を築き維持することなど絶対にできないのである。

7月27日

私たちは、自分の体験や考え方から、相手はこういうことを望んでいるのだと勝手に判断する傾向にある。すべての物事を自分のパラダイムのフィルターに通し、自分のそれまでの経験、いわば自叙伝（自分の経験に照らし合わせ）を相手の経験に重ね合わせて理解したつもりになっている。

そうした努力が受け入れられないと、せっかくの善意が拒絶されたと感じて、預け入れをやめてしまうのである。

7月28日

現実社会において相互依存をもたらす誠実さとは、一言で言えば誰に対しても同じ原則を基準にして接することである。

そうすれば、周りの人たちから信頼されるようになる。

誠実であろうとすれば、相手の考えと相いれないことでも率直に言わなければならない場面がある。だから最初のうちは誠実な態度が快く受け入れられないかもしれない。面と向かって正直にものを言うのは、相当な勇気の要ることだ。

たいていの人は、なるべくなら摩擦を避けたいから、その場にいない人の噂話になれば自分も加わり一緒になって陰口を言い、秘密を漏らす。

しかし長い目で見れば、裏表なく正直で、親切な人こそが信頼され、尊敬される。相手を大切に思っているからこそ、その人の耳に痛いこともあえて率直に話すのだ。

7月29日

相互依存のパラダイム

組織が抱える問題の多くは、二人の共同経営者、オーナーと社長、社長と副社長の対立など人間関係に端を発している。

人間関係の問題に正面から取り組み、解決するには、まずは自分の内面を見つめなくてはならない。

だから、自分の「外」にあるプロジェクトや人々に労力をかけるよりも、はるかに人格の強さが求められるのである。

7月30日

相互依存のパラダイム

子どもが問題を抱えているとき、重荷に感じたり面倒だと思ったりせずに、親子関係を深めるチャンスととらえれば、親と子の交流はまるで違ってくる。親は進んで子どもを理解し、子どもの力になれるチャンスを喜ぶようになる。

子どもが問題を持ってきても、「ああ、またか！」ではなく、「子どもの力になってやり、親子の絆を強くするチャンスだ」と考えてみる。すると、親子の交流は単なるやりとりではなく、親も子も変える力を持ってくる。親が子どもの問題を真剣にとらえ、子どもを一人の人間として尊重する態度が子どもに伝わり、愛と信頼で強く結ばれた関係ができていく。

7月31日

第4の習慣

Ｗｉｎ－Ｗｉｎは、第3の案の存在を信じることである。あなたのやり方でもなければ、私のやり方でもない、もっとよい方法、もっとレベルの高い方法だ。

8月1日

公的成功は、他者を打ち負かして手にする勝利のことではない。関わった全員のためになる結果に達するように効果的な人間関係を築くこと、それが公的成功である。

協力し、コミュニケーションをとりながら、一緒にことを成し遂げることである。各自がばらばらにやっていたらできないことを、力を合わせて成し遂げる関係を築くことが公的成功なのだ。

公的成功とはつまり、**豊かさマインド**のパラダイムから自然と生まれる結果なのである。

8月2日

本人が本人を評価するほうが、他人が本人を評価するよりもずっと人間性を尊重しているし、本人も精神的に成長する。

信頼関係さえできていれば、自分で評価するほうがはるかに正確でもある。

多くの場合、仕事がどんなふうに進んでいるかは、報告書に書かれている記録などより、本人が強く実感している。

外から観察したり、測定したりするよりも、自分自身の認識のほうがはるかに正確なのである。

8月3日

私の独自性をあなたが深く理解し、心を動かされない限り、私があなたのアドバイスに心を動かされ、素直に受け止めて従うことはないだろう。だから、人と人とのコミュニケーションの習慣を本当の意味で身につけたいなら、テクニックだけではだめなのだ。

相手が心を開き信頼してくれるような人格を土台にして、相手に共感して話を聴くスキルを積み上げていかなくてはならない。

心と心の交流を始めるために、まずは信頼口座を開き、そこにたっぷりと預け入れをしなければならないのである。

8月4日

本当の問題を見誤っていたら、相手によかれと思っていくら助言したところで何の意味もない。

そして、自分の自叙伝とパラダイムを通してしか物事を見られない人は、本当の問題を突き止めることはできない。相手の視点に立って、相手が見ている世界を見ようとするなら、自分の眼鏡をしばし外さなくてはならないのだ。

8月5日

第5の習慣

私たちは多くの場合、外部の助言がなくとも自分をコントロールできる。心を開くチャンスさえ与えられれば、あとは自分の力で自分の問題を解きほぐしていける。

するとき解決策がその過程ではっきり見えてくるものである。

8月6日

シナジーは他者と社会に奉仕し、貢献する、次の世代のための新しい脚本を創り出すことができるのではないだろうか。

防衛的でもなく、敵対的でもなく、自己中心的でもない脚本だ。保身だけを考えて政治的に立ち回る脚本ではなく、心を開いて人を信じ、分かち合う生き方の脚本である。

所有欲に縛られ、何でも自分勝手に決めつけて生きる脚本ではなく、人を愛し、人のためを思って生きる脚本なのではないだろうか。

8月7日

第6の習慣

本当の意味で効果的な人生を生きられる人は、自分のものの見方には限界があることを認められる謙虚さを持ち、心と知性の交流によって得られる豊かな資源を大切にする。

August 8

8月8日

相互依存のパラダイム

「何事でも人々からしてほしいと望むことは、人々にもそのとおりにせよ」（『マタイによる福音書』七章一二節）という黄金律がある。

文言をそのまま解釈すれば、自分がほかの人からしてもらいたいと思うことをほかの人にしてあげる、という意味だが、もっと掘り下げて考えてみると、この黄金律の本質が見えてくる。

自分はこう理解してほしいと思うように相手を一人の人間として深く理解し、その理解に従って相手に接する、ということではないだろうか。

8月9日

毎日の生活の中で意志をどのくらい発揮できているかは、誠実さの度合いで測ることができる。誠実さとは、基本的には自分自身にどれだけ価値を置いているかということだ。

自分に約束し、それを守る能力、「言行一致」のことである。

誠実さは人格主義の根本をなし、主体的な人間として成長するために欠かせないものである。

8月10日

「成功者たちの共通点は、成功していない人たちの嫌がることを実行に移す習慣を身につけているということである。彼らにしてみても、必ずしも好きでそれを行なっているわけではないが、自らの嫌だという感情をその目的意識の強さに服従させているのだ」（E・M・グレー）

感情を抑え、最優先事項を優先するには、目的意識と使命感が要る。服従させるには、明確な方向感覚と価値観が要る。そして、優先する必要のない物事に「ノー」とはっきり言えるためには、あなたの中に燃えるような「イエス」がなければならない。

さらに、やりたくないと思っても実行する意志の力、その時どきの衝動や欲望ではなく、自分の価値観に従って行動する力も必要だ。

それは、あなたが主体的な人間として行う第一の創造（知的創造）を誠実に実行し、かたちにしていく力なのである。

8月11日

大切なことは、スケジュールに優先順位をつけることではなく、優先すべきことをスケジュールにすることなのである。

そのためには一週間単位で計画するやり方が最適である。

8月12日

あなたのビジョンとミッション、役割と目標、優先順位と計画、そして、自分の望みと自制心に食い違いがなく、調和と結束、誠実さがあることが理想だ。

したがって、時間管理のツールには個人のミッション・ステートメントを書き込む欄を設けて、折に触れて確認できるようにしておくとよい。

また、自分の役割、それぞれの役割の短期目標と長期目標も書き込めるようにしておく。

8月13日 —— 第7の習慣

個人の経済的安定は仕事や社会からもたらされるのではなく、自らの生産能力から得られる。

それが本当の意味での経済的自立である。

8月14日

人に奉仕し、人の役に立つことも心の安定をもたらす。その意味からすれば、あなたの仕事も心の安定を与える源になる。創造力を発揮して仕事に取り組み、世の中に貢献していると思えるとき、あなたは心の安定を得られるはずだ。

人知れず奉仕活動をすることも同じである。

誰もそのことを知らないし、誰かに知らせる必要もない。人に褒めてもらうことではなく、ほかの人たちの人生が豊かになるように奉仕することが大切なのである。

目的は人に働きかけ、良い影響を与えることであって、認められることではない。

8月15日

――――インサイド・アウト

態度と行動は自分が持っているパラダイムから生まれる。

自分のパラダイムから外れた行動を、少しの葛藤もなく正直にできる人はいないだろう。

自分の見方とは異なる言動で一貫性を保つのはまず不可能だ。

8月16日 ―― インサイド・アウト

学校のように人工的な社会システムの中では、人間が定めた「ゲームのルール」を学べば、一時的にはうまくいくかもしれない。一回限りの、あるいは短い期間だけの付き合いなら、個性主義のテクニックをうまく使い、相手の趣味に興味があるふりをし、魅力をふりまいて良い印象を与えられるかもしれない。短期間だけ効き目のある手軽なテクニックなら、すぐにも身につけられるだろう。

しかし、真の誠実さや根本的な人格の強さがなければ、厳しい状況に直面したときに本当の動機が露わになり、関係が破綻(はたん)し、結局のところ成功は短命に終わるのである。

8月17日 —— インサイド・アウト

原則は**価値観**とも異なる。

強盗団には強盗団なりの価値観がある。しかしここで述べている基本の原則には明らかに反している。

価値観は地図であり、原則は現実の場所である。

正しい原則に価値を置けば、真理を手にし、物事のあるがままの姿を知ることができる。

8月18日

インサイド・アウト

私も妻も、子どもの行いや成績で親としての社会的評価を得ようとしていたことを思い知らされたのである。そうしたレンズを通して見るならば、息子はどうしても「不合格」になってしまう。

自分たちの目に映る息子の姿よりも、世間の目に映る自分たちの姿のほうが気になり、良い親と見られたいと思うあまり、息子を見る目が歪んでいたのだろう。

私たち夫婦のものの見方、問題に対する態度には、純粋に息子のためを思う親心よりもはるかに多くの事柄が潜んでいたのである。

息子を変えようとせず、一歩離れて距離をおき、**彼**に対する**私たち**の見方から離れて、彼自身の本質、独自性、一人の人間としての彼本来の価値を感じとろうと努力した。

8月19日

7つの習慣とは

成長し、成熟していくと、社会を含め自然界（nature）のすべては生態系という相互依存で成り立っていることに気づく。

さらには、自分自身の本質（nature）も他者との関係で成り立っており、人間の生活そのものが相互に依存し合っていることを発見する。

8月20日

7つの習慣とは

組織の中でＰ／ＰＣバランスを考えずに物的資産を使うと、組織の効果性が低下し、死にかけたガチョウ（ＰＣ）を後任に渡すことになる。

8月21日

現代の社会通念や世論、あるいは周りの人たちが持っているパラダイム、それらはいわば社会通念の鏡である。

もし人が自分自身を社会通念の鏡だけを通して見てしまうと、たとえるなら遊園地にあるような鏡の部屋に入り、歪んだ自分を見ているようなもので、その人の本当の姿を言い当てているとは限らない。

8月22日

多くの人は自分からは動かずに誰かが手を差し伸べてくれるのを待っている。

しかし良い仕事に就けるのは、自分から主体的に動く人だ。

その人自身が問題の解決策となる。正しい原則に従って、望む仕事を得るために必要なものは端から実行する人だ。

8月23日

自分の反応を選択する能力なんて本当にあるのだろうか？

私の講義を聞き、疑問を感じたある一人の女性は語った。

「突然、自分にはその力があるってひらめいたんです。このみじめな気持ちは自分で選んだことなのだと、気づかされたのです。みじめにならないことも自分で選べるのだと知った瞬間、立ち上がっていました」

8月24日

Ｗｉｎ－Ｌｏｓｅタイプの人間が、角を突き合わせることもある。気が強く頑固で、我を通そうとする者同士がぶつかると、結果はＬｏｓｅ－Ｌｏｓｅになる。二人とも負けるのだ。

そして二人とも「仕返ししてやる」「この借りは絶対に返すぞ」と復讐心に燃えることになる。相手を憎むあまり、相手を殺すことは自分も殺すこと、復讐は両刃の剣であることが見えなくなる。

8月25日

相手に自分をわかってもらえるかどうかは、あなたの日頃の行い次第である。あなた自身が模範になっているかどうかだ。

常日頃の行いは、あなたが本当はどのような人間なのか、つまりあなたの人格から自然と流れ出てくるものである。

ほかの人たちがあなたをこういう人間だと言っているとか、あなたが人にこう見られたいと思っているといったものではない。実際にあなたと接して相手がどう感じるか、それがすべてである。

あなたの人格は、たえず周囲に放たれ、あなたがどのような人間であるかを伝えている。それをある程度感じていれば、長期的にあなたが信頼できる人間かどうか、その人に対する態度が本心からなのかどうか、相手は直観的にわかるようになる。

8月26日

相互依存のパラダイム

約束を守ることは、相手に対して信頼の大きな預け入れになる。逆に約束を破れば、大きな引き出しになる。

8月27日

違いを尊重することがシナジーの本質である。人間は一人ひとり、知的、感情的、心理的にも違っている。

そして違いを尊重できるようになるためには、誰もが世の中をあるがままに見ているのではなく、「自分のあるがまま」を見ているのだということに気づかなくてはならない。

8月28日

第2の習慣

時代を超えた不変の原則を人生の中心にすると、効果的に生きるための基本的なパラダイムを得ることができる。

それは、ほかのすべての中心を正すことができる原則中心のパラダイムなのだ。

8月29日

第2の習慣

ビジネスを成功させたいなら、何を達成したいのかを明確にしなければならない。

失敗する企業のほとんどは、資金不足、市場の読み違い、事業計画の甘さなど、第一の創造でつまずいているのである。

8月30日

私たちに必要なのは、はっきりとしたビジョン、明確な目的地である。そしてその目的地に到達するためには、ロードマップよりもコンパス（方向を示す原則）が要る。

地形が実際にどうなっているのか、あるいは通れるのかは、その場その場で判断し問題を解決するしかない。しかし、自分の内面にあるコンパスを見れば、どんなときでも正しい方向を示してくれるのである。

8月31日

心の安定と明確な指針は正しい知恵をもたらし、知恵は火花となって、力を正しい方向に解き放つ。

この四つが一つにまとまり、調和がとれ、個々の要素が互いを高める状態になっていれば、気高く、バランスがとれ、揺るぎない見事な人格ができる。

9月1日

個人の効果的なパーソナル・リーダーシップにおいて、イメージ化と宣誓の技術は、人生の中心となる目的と原則を通して熟考された土台から自然に生まれてくる。

それは脚本とプログラムを書き直すときに絶大な効果を発揮し、目的と原則を自分の心と頭に深く根づかせることができる。

9月2日

第Ⅱ領域の活動を中心に一週間のスケジュールを立てれば、最優先事項を優先するだけでなく、予期していなかったことが起こっても対応でき、必要ならばスケジュールを変更できる。

もちろん、人間関係を大切にし、人付き合いをおろそかにすることもなくなり、自発的な生活を心から楽しむことができる。

それもこれも、自分の人生のあらゆる役割で重要な目標を達成するために、主体的に一週間の計画を立てたのだと自覚できているからなのだ。

9月3日

毎朝、数分程度スケジュール表を見直せば、一週間の計画を立てたときに価値観に基づいて決めた目標を再確認できるし、予定外のことが起きていればスケジュールを調整できる。

その日の予定を見渡すと、あなたの内面にある本来のバランス感覚が、あなたの役割と目標に自然なかたちで優先順位をつけていることがわかるはずだ。

個人のミッションを意識できているからこそ、右脳の働きで優先順位が無理なくすんなりと決まるのである。

9月4日 ―― 相互依存のパラダイム

役割や目標に対して期待することが曖昧（あいまい）だったり、認識が食い違っていたりすると、たいていは人間関係に支障をきたすものである。

職場で誰が何を担当するのかを決めるときでも、娘に部屋を掃除しなさいと言うときでも、金魚の餌（えさ）やりやゴミ出しの係を決めるときでも、何を期待するのかを明確にしておかないと、必ず誤解を生み、相手を失望させ、信頼を引き出してしまうことになる。

9月5日

人に頼むとかえって時間がかかるし労力も使うからと、デリゲーションを嫌がる人は多い。

自分でやったほうがうまくできるからと思うかもしれないが、人に効果的に任せることができれば、自分の能力を何倍にも生かせるのである。

9月6日

相互依存のパラダイム

私は、教師として、また親として確信していることがある。それは、「九九人の心をつかむ鍵を握っているのは、一人に対する接し方だ」ということだ。

多くのにこやかな人たちの中で、一人忍耐を強いられている場合は特にそうだ。一人の子どもに示す愛情や態度が、ほかの生徒や子どもたち対する愛情や態度となる。

あなたが一人の人間にどう接しているかを見れば、ほかの人たちも一人の人間として、自分に対するあなたの態度を感じとるのである。

9月7日

相互依存のパラダイム

企業であれ、あるいは家庭や結婚生活であれ、効果的に運営するためには人と人とが結束しなければならない。

そしてその結束を生むためには、一人ひとりの人格の強さと勇気が要る。大勢の人々のためになる仕事をどれほど効率的にできたとしても、一人の人間との関係を築けるしっかりした人格が育っていなければ、何の意味もない。

個人対個人の関係、人間関係のもっとも基本的なレベルにおいてこそ、愛と人生の法則を実践しなければならないのである。

9月8日

相互依存で成り立つ社会で人間関係を長く続けようと思ったら、Ｗｉｎ－Ｗｉｎ以外のパラダイムは次善の策にするにしても問題がある。必ずネガティブな影響を残すからだ。どのくらいの代償を払うことになるのか、よくよく考えてみなければならない。

本当のＷｉｎ－Ｗｉｎに達しないのであれば、ほとんどの場合はＮｏ Ｄｅａｌ、「今回は取引しない」としたほうが得策である。

9月9日

Ｎｏ Ｄｅａｌ（取引しない）とは、簡単に言えば、双方にメリットのある解決策が見つからなければ、お互いの意見の違いを認めて、「合意しないことに合意する」ことである。お互いに相手に何の期待も持たせず、何の契約も交わさない。私とあなたとでは、価値観も目的も明らかに正反対だから、私はあなたを雇わない、あるいは今回の仕事は一緒にはしないということだ。双方が勝手な期待を抱き、後々になって幻滅するよりは、最初からお互いの違いをはっきりさせ、認め合うほうがよっぽどいい。

Ｎｏ Ｄｅａｌを選択肢の一つとして持っていれば、余裕を持つことができる。相手を操ったり、こちらの思惑どおりに話を進めたりする必要はないのだし、何がなんでも目的を達しなければならないと必死にならずともすむ。心を開いて話せるし、感情の裏に潜む根本的な問題をわかろうとする余裕も生まれる。

9月10日

人間関係でリーダーシップを発揮するには、ビジョンと主体的な率先力、そして原則中心の主体的な生き方から得られる四つの要素（安定・指針・知恵・力）が必要である。

9月11日

「まず理解に徹する」ためには、大きなパラダイムシフトが必要である。ほとんどの人は、相手の話を聴くときも、理解しようとして聴いているわけではない。

次に自分が何を話そうか考えながら聞いている。話しているか、話す準備をしているかのどちらかなのである。

すべての物事を自分のパラダイムのフィルターに通し、自分のそれまでの経験、いわば自叙伝を相手の経験に重ね合わせて理解したつもりになっている。

こういう人たちは、息子や娘、配偶者、同僚など身近な人との関係に問題が起きると必ず、「向こうが理解していない」と思うものである。

9月12日

共感して聴くことができれば、それ自体が大きな預け入れになるのだ。相手に「心理的な空気」を送り込んで、心を深く癒す力を持つのである。

あなたが今いる部屋の空気が突然どんどん吸い出されていったら、どうにかして空気を取り込もうと、生き延びることがあなたの最大の動機になる。しかし今、空気はある。だから、あなたにとって空気は少しの動機づけにもならない。**満たされている欲求は動機づけにはならないのだ。**人の動機になるのは、満たされていない欲求だけなのである。

人間にとって肉体の生存の次に大きな欲求は、心理的な生存である。理解され、認められ、必要とされ、感謝されることである。

9月13日

第5の習慣

相手のパラダイムや関心事を最初に深く理解し、その理解に沿って、自分の考えをはっきりとわかりやすく、目に見えるかたちで表現すれば、あなたのアイデアに対する相手の信頼は格段に上がる。

9月14日

二人の人間の意見がまったく同じなら、一人は不要である。私と同じようにしか見えない人と話をしても、得るものはまったくない。私とまったく同じ意見を持つ人とは、話す興味は湧いてこない。あなたは私とは違う意見だからこそ、あなたと話してみたいのだ。私にとっては、その違いこそが大切なのである。

だから、あなたが私とは違うものの見方をしているなら、私は「よかった。あなたは違うふうに見えるんだね。あなたに見えているものを私にも見せてほしい」と言えるのである。

9月15日

他者とのコミュニケーションが相乗効果的に展開すると、頭と心が開放されて新しい可能性や選択肢を受け入れ、自分のほうからも新しい自由な発想が出てくるようになる。

それは第2の習慣（終わりを思い描くことから始める）に反するのではないかと思うかもしれないが、実際にはその正反対であり、第2の習慣を実践していることに他ならない。

たしかに、シナジーを創り出すコミュニケーションのプロセスでは、先行きがどうなるか、最後がどのようなものになるのかわからない。

しかし内面に意欲がみなぎり、心が安定し、冒険心が満ちてきて、前に考えていたことよりもはるかに良い結果になると信じることができるはずだ。それこそが最初に描く「終わり」なのである。

9月16日

人は物事を「あれかこれか」の二者択一でとらえがちである。たとえば、優しい人なら厳しくはないはずだと決め込む。しかし、Ｗｉｎ－Ｗｉｎを目指す人は、優しさと同時に厳しさを持ち合わせている。Ｗｉｎ－Ｌｏｓｅタイプの人よりも二倍も厳しいのである。優しさだけでＷｉｎ－Ｗｉｎの結果に到達することはできない。勇気も必要だ。

相手の身になって考えるだけでなく、自信を持って自分の考えを述べなくてはならないのだ。思いやりを持ち、相手の気持ちを敏感に察することも大事だが、勇敢であることも求められるのである。

勇気と思いやりのバランスをとることが本当の意味での成熟であり、Ｗｉｎ－Ｗｉｎの前提条件なのである。

9月17日

私たち人間は、いったん自覚を持ったなら、自分の人生を方向づける目的と原則を選択しなければならない。

その努力を怠ったら、刺激と反応の間にあるスペースは閉ざされ、自覚を失い、生存することと子孫を残すことだけを目的に生きる下等動物と同じになってしまう。

9月18日

インサイド・アウト

態度と行動の源泉である自分のパラダイムを詳しく観察し、理解しなければ、個性主義のテクニックで態度や行動を変えようとしても、長続きしないということである。

9月19日

インサイド・アウト

原則は人間の行動を導く指針であり、永続的な価値を持っていることは歴史が証明している。

原則は基礎的なものであり、自明であるから議論の余地すらない。原則に反する価値観に従って充実した人生を送ろうとすることの愚かしさを考えれば、原則が自明の理であることはすぐにわかる。

不正、詐欺、卑劣、無駄、凡庸、堕落が、長続きする幸福や成功の盤石な土台になると本気で思っている人などいないはずだ。

9月20日

インサイド・アウト

その場限りでは終わらない人間関係において、あるがままの自分、**人格が、どんな言動よりもはるかに雄弁なのである。**

9月21日

インサイド・アウト

急性の痛み（目先の緊急課題）に鎮痛剤や絆創膏で応急処置を施せば、たしかに痛みは消える。

問題は解決したかにみえるかもしれないが、根本にある慢性的な原因をほったらかしにしていたら、いずれ化膿して再発することになる。

9月22日

人生とは、本質的にきわめて相互依存的である。自立だけで最大限の効果を得ようとするのは、たとえるならゴルフクラブでテニスをするようなものだ。道具が現実に適していないのである。

相互依存は自立よりもはるかに成熟した状態であり、高度な概念である。肉体的に他者と力を合わせることができる人は、自分の力で結果を出せるのは言うまでもないが、他者と協力すれば、自分一人で出す最高の結果をはるかに上回る結果を出せることを知っている。

感情的に相互依存の状態にある人は、自分の内面で自分の価値を強く感じられると同時に、他者を愛し、与え、他者からの愛を受け止める必要性を認識している。

知的に相互依存の状態にあれば、他者の優れたアイデアと自分のアイデアを結びつけることができる。

9月23日

P（Production＝成果）だけを追求したら、ガチョウの健康を害する。機械がだめになり、資金が枯渇し、顧客や社員との関係が壊れる。

逆に**PC**（Production Capability＝成果を生み出す能力）に力を入れすぎるのは、寿命が一〇年延びるからといって毎日三〜四時間もジョギングするようなもので、延びた寿命の一〇年間をジョギングに費やす計算になることには気づいていない。

あるいは延々と大学に通うような人もいる。仕事はせず、ほかの人たちの黄金の卵（P＝成果）で生活する永遠の学生シンドロームである。

9月24日

私たちは自分の身に起こったことで傷つくのではない。その出来事に対する自分の反応によって傷つくのである。

もちろん、肉体的に傷ついたり、経済的な損害を被ったりして、つらい思いをすることもあるだろう。

しかしその出来事が、私たちの人格、私たちの基礎をなすアイデンティティまでも傷つけるのを許してはいけない。

むしろ、つらい体験によって人格を鍛え、内面の力を強くし、将来厳しい状況に直面してもしっかりと対応する自由を得られる。

そのような態度はほかの人たちの手本となり、励ましを与えるだろう。

9月25日

主体的な人は心身の両面において自分の天気（自分自身でコントロールできる）を持っている。

自分の天気には自分で影響を及ぼすことができる。私たちは幸せであることができる。

9月26日

責任回避は反応的な人に見られる性質である。「自分には責任がない」と言うほうが無難だ。「自分には責任がある」と言ってしまったら、「自分は無責任だ」ということになりかねない。今自分が置かれている状況に責任があるのは自分だということになる。

何年も自分の行動の結果を他者のせいにしてきた人ならなおさら、「私には自分の反応を選択することができる」とは言い切れないだろう。

だから彼らは、自分には責任がないことを裏づける証拠や攻撃材料をせっせと探すのである。

9月27日

第2の習慣

人間だけに授けられている自覚、想像、良心という能力を働かせれば、第一の創造を自分で行い、自分の人生の脚本を自分で書くことができる。

9月28日 ―― 再び、インサイド・アウト

あなたの家族に何世代にもわたって受け継がれてきた悪い流れを、あなたの代で止めることができるのだ。

あなたは流れを変える人となり、過去と未来をつなぐ人となる。あなた自身が変わり、流れを変えれば、その後に続く何世代もの人々の人生に大きな影響を与えられるのである。

自分の人生のミッション・ステートメントに書き、頭と心に刻みつける。そのミッション・ステートメントに従って生活し、毎日の私的成功を実現している自分の姿を思い描く。

さらに、自分の両親を愛し、許し、まだ健在であるなら、まず両親を理解する努力をして、関係を築き直す道を歩み始めることもできる。

9月29日

リーダーの役割はジャングルの中で一番高い木に登り、全体を見渡して、「このジャングルは違うぞ！（目指している方向ではないぞ）」と叫ぶ。だが仕事の役割に追われて効率しか見えない作業チームやマネージャーだったら、その叫び声を聞いても、「うるさい！　作業は進んでいるんだから黙ってろ」としか反応しないだろう。

9月30日

本心から理解したいと思って相手の言葉を自分の言葉に置き換え、相手の気持ちも言葉にできれば、その人の心に心理的な空気を送り込むことができる。相手が自分の考えや感情を整理する手助けもできる。あなたが話を真剣に聴こうとしている誠意が伝われば、相手の心の中で思っていることと、実際に口から出てくる言葉の間の壁が消えていく。

こうして、魂と魂の交流が始まる。考え、感じていることとコミュニケーションしていることが一致するのだ。相手はあなたを信頼し、胸の奥底の傷つきやすい感情や考えをあなたに見せても大丈夫だと思うようになる。

October 1

10月1日

個人の効果性は単に努力の量だけで決まるのではない。その努力が正しいジャングルで行われていなければ、生き延びることさえおぼつかなくなる。

10月2日

自分の内面を深く見つめ、自分が持っている基本のパラダイムを理解し、それを正しい原則に調和させると、力を与えてくれる効果的な中心ができ、そして世界を見る曇り一つないレンズも持つことができる。

私たち一人ひとりが唯一無二の個人として世界といかに関わるかによって、世界を見るレンズの焦点をぴったりと合わせることができるのだ。

10月3日

物を手に入れることや自分が得することしか考えない人が、想像力を使ってつかの間の成功を得ることもあるだろう。

しかし、想像力は良心を伴ったときにこそ高い次元で効果を生むのであって、自らの目的に適い、相互依存の現実を支配する正しい原則に従うことで、自分を超えて広い社会に貢献できる人生を送れると私は確信する。

10月4日

原則中心の生き方、第Ⅱ領域（緊急ではないが重要なこと）を重視して生活することによる劇的な効果は、私自身、身をもって体験している。私と同じようにして人生を大きく変えた人も何百人と見てきた。

一週間の目標が正しい原則という大きな枠組みの中に入っていて、個人のミッション・ステートメントに一致している人ほど、効果的な人生に近づいていくのである。

10月5日

全面的なデリゲーションは、手段ではなく結果を重視する。

手段は自由に選ばせ、結果に責任を持たせる。

全面的なデリゲーションを行うには、何が期待されているのかをお互いに理解し、納得しなければならない。

初めは時間がかかるが、その時間は決して無駄にはならない。

10月6日

相互依存のパラダイム

人の内面は脆（もろ）く傷つきやすい。

年齢や経験を重ねても同じだと思う。

外側はどんなに固い殻で覆われていても、内側には痛みを感じやすい柔らかな心があるのだ。

だから人間関係では、小さなことが大きな意味を持つのである。

10月7日

相互依存のパラダイム

誠実な人間となるもっとも大切なことは、**その場にいない人に対して忠実になる**ことである。

その場にいない人に誠実な態度をとれば、その場にいる人たちの信頼を得られる。

いない人を擁護して守ろうとするあなたの態度を見れば、居合わせた人たちは、あなたを信頼する。

10月8日

本当の意味で自分にとってのＷｉｎは何なのか、自分の内面の奥底にある価値観と一致するＷｉｎが何かを知らずにいたら、日々の生活でＷｉｎを求めるといっても無理な話である。

そして、自分と約束したことも他者と約束したことも守れなければ、私たちの約束は無意味になる。

裏表のある人だな、と思う相手には、誰でも身構えるものである。

それでは信頼関係ができるわけがない。Ｗｉｎ－Ｗｉｎと口では言っても、非効果的な表面上のテクニックにしかならない。

誠実さは、人格という基礎の要石なのである。

10月9日

相互依存のパラダイム

間違いを犯すのは問題だが、間違いを認めないのはそれ以上の問題である。間違いは許してもらえる。たいていの間違いは判断ミスが原因であり、いわば頭で起こした間違いだからだ。

しかし、悪意や不純な動機、最初の間違いをごまかして正当化しようとする傲慢(ごうまん)さは心で起こした間違いだ。心の間違いは、簡単には許してもらえない。

10月10日

あなたは豊かさマインドに脚本づけられているかもしれない。私は欠乏マインドに脚本づけられているかもしれない。あなたは、視覚的、直観的、全体的に物事をとらえる右脳タイプで、私は分析的に系統立てて考え、論理的に物事をとらえる左脳タイプかもしれない。

あなたと私とでは、これほどもののとらえ方が違うかもしれないのである。それでも、あなたも私も自分に見えていることが「事実」だと思い、その事実が見えない人は人格や知的能力に欠点があるんじゃないかと疑ってしまう。

人はそれぞれ違いがあるのに、家庭でも会社でも、地域社会の奉仕活動でも、決められたリソースをうまく使って結果を出すために力を合わせなくてはならない。自分のもののとらえ方の限界を超え、W・i n‐W・i nの解決策に到達するには、こちらがまず相手を理解する努力をすることが大切なのである。

10月11日

二人の人間が違う意見を主張し、二人とも正しいということはありうるだろうか。

論理的にはありえないが、**心理的**にはありえる。

そしてそれは、現実にはよくあることなのである。

10月12日

シナジーとは、一プラス一が八にも、一六にも、あるいは一六〇〇にもなることである。

強い信頼関係から生まれるシナジーによって、最初に示されていた案をはるかに上回る結果に到達できる。

しかも全員がそう実感でき、その創造的なプロセスを本心から楽しめる。

そこには小さいながらも完結した一つの文化が花開く。

その場限りで終わってしまうかもしれないが、P／PCのバランスがとれた完璧な文化なのである。

10月13日

再び、インサイド・アウト

私たち一人ひとりにルーツがあり、今の自分まで続いてきた道のりをさかのぼり、自分の祖先、自分のルーツを知ることができる。それを知ろうとする最大の動機は、自分のためではない。自分の後に続く**子孫たち**、全人類の次の世代のためなのである。

次のような言葉を残した人がいる。

「子どもたちに後々まで遺してやれるものは二つしかない。一つは〝ルーツ〟であり、もう一つは〝翼〟である」

10月14日

インサイド・アウト

ソローは、「悪の葉っぱに斧(おの)を向ける人は千人いても、根っこに斧(おの)を向けるのは一人しかいない」と言っている。

行動や態度という「葉っぱ」だけに斧(おの)を向けるのをやめ、パラダイムという「根っこ」を何とかしなければ、生活を大きく改善することはできないのである。

10月15日

パラダイムシフトは、困難に直面したときにこそ起こる。厳しい状況に置かれると、人はまったく新しい視点から世界を眺めるようになる。その世界にいる自分自身と他者を意識し、人生が自分に何を求めているのか見えてくる。

視野が広がることによって価値観が変化し、それが態度にも表れて周囲の人々を鼓舞し、励ますのである。

10月16日

相互依存は、自立した人間になって初めて選択できる段階である。依存状態からいきなり相互依存の段階に達しようとしても無理である。（五ページの図参照）

相互依存できる人格ができていないからだ。自己を十分に確立していないのだ。

10月17日

7つの習慣とは

P／PCバランスを維持するには、黄金の卵（P＝成果）とガチョウ（PC＝成果を生み出す能力）の健康のバランスを見きわめる高い判断力が要る。

それこそが効果性の本質であると言いたい。

10月18日

人生には三つの中心となる価値観があるという。

一つは「経験」、自分の身に起こることである。

二つ目は「創造」であり、自分でつくり出すものの価値だ。

そして三つ目は、「姿勢」である。過酷な現実に直面したときの反応の仕方だ。

この三つの価値のうちで一番大切なのは「姿勢」である。つまり、人生で体験することにどう反応するかがもっとも大切なのである。

10月19日

第一の習慣

自分の身の上を他者や周りの状況のせいにするほうがはるかに簡単である。しかし私たちは自分の行動に責任がある。

責任（responsibility）とは、反応（response）を選べる能力（ability）である。自分の人生をコントロールし、「ある」ことに、自分のあり方に意識を向け、働きかけることで、周りの状況に強い影響を与えられるのである。

10月20日

自分から動くのか、動かされるのか。

——第一の習慣

10月21日

効果的なマネジメントとは、**最優先事項を優先する**ことである。リーダーシップの仕事は、「優先すべきこと」は何かを決めることであり、マネジメントは、その大切にすべきことを日々の生活の中で優先して行えるようにすることだ。

自分を律して実行することがマネジメントである。

10月22日

第2の習慣

終わりを思い描くことから始めるというのは、自分の価値観を明確にし、価値観をしっかりと頭に置いて、一日を始めることでもある。そうすればどんな試練にぶつかっても、どんな問題が起きても、私はその価値観に従って行動することができる。私は誠実な行動をとることができる。

私は感情に流されず、起こった状況にうろたえることもない。私の価値観が明確なのだから、本当の意味で主体的で価値観に沿った人間になれるのである。

10月23日

一週間の計画を立て、それを実行していく間には必ず、あなたの誠実さが試される場面が訪れるだろう。

緊急だが重要ではない第Ⅲ領域の仕事を誰かから頼まれ引き受けたり、その人を喜ばせたいと思ったり、第Ⅳ領域（緊急でも重要でもないこと）という楽しみに逃げ込んでしまいたい誘惑にかられたりすると、計画していた第Ⅱ領域の大事な活動が圧迫され、押しやられてしまうおそれがある。

しかし、原則中心の生き方ができていれば、自覚と良心に従い、このような場面でも心の安定は崩れず、自分の指針と知恵を働かせて、本当に優先すべきことを意志によって優先できるのである。

10月24日

人に責任を持たせるのは、その人を突き放すことにはならない。逆にその人の主体性を認めることである。主体性は人間の本質の一部である。主体性という筋肉は、たとえ使われずに眠っていても、必ず存在する。私たちがその人の主体性を尊重すれば、少なくとも一つの本当の姿、歪んでいない姿をその人自身に見せてあげることができるのである。

10月25日

相互依存のパラダイム

素晴らしい親子関係を築いているある人物が、「一人ひとりの子どもに対してそれぞれ違う接し方をしてこそ、公平に接していることになる」と話していた。

10月26日

第4の習慣

あなたの誠意、主体性、Ｗｉｎ－Ｗｉｎを目指す決意が強くなるほど、相手に与える影響力も大きくなる。

人間関係で発揮されるリーダーシップの強さは、これで測ることができる。**取引型**リーダーシップを超えて、**変革型**リーダーシップとなり、自分も相手も、そして関係そのものを変える力を持つのである。

10月27日

共感による傾聴にはリスクもある。

相手の話を深く聴くには、強い安定性が必要になる。自分自身が心を開くことによって、相手から影響を受けるからだ。傷つくこともあるだろう。それでも相手に影響を与えようと思ったら、自分もその人から影響を受けなければならない。

それが本当に相手を理解することなのである。

10月28日

第6の習慣

シナジーを正しく理解するなら、シナジーは、あらゆる人の人生においてもっとも崇高な活動であり、ほかのすべての習慣を実践しているかどうかの真価を問うものであり、またその目的である。

シナジーは、原則中心のリーダーシップの神髄である。

人間の内面にある最高の力を引き出し、一つにまとめ、解き放つ。

10月29日

再び、インサイド・アウト

世代を超えて強い絆で結ばれた家族には、卓越した力がある。

子どもたち、両親、祖父母、叔父叔母、いとこなどが良い関係にあり、相互依存のしっかりとした結びつきを維持している家族には、自分が何者であるのか、自分という人間をかたちづくっているものは何なのか、自分にとって大切なものは何かをはっきりと気づかせてくれる大きな力がある。

10月30日

自分の価値観に誠実に生きることが、自尊心を呼び起こす源だと私は確信している。

昨今売れている本の中には、自尊心は気の持ちようだとか、考え方や態度次第でどうにでもなるとか、その気になれば心の平和は得られるといったようなことが書いてあるものも多いが、それは違うと思う。

心の平和は、自分の生き方が正しい原則と価値観に一致していて初めて得られるものであり、それ以外はないのである。

10月31日

インサイド・アウト

パラダイムシフトがプラスに働こうがマイナスに働こうが、あるいは一瞬にして起ころうが徐々に進行していこうが、一つのものの見方から別の見方に移行することは大きな変化を生む。

正しくても間違っていても、私たちのパラダイムが態度と行動を決め、ひいては人間関係のあり方にも影響するのである。

11月1日

第一の習慣

私たちを深く傷つけるのは他者の行動ではないし、自分の過ちでもない。重要なのは、過ちを犯したときにどういう反応を選択するかである。自分を咬(か)んだ毒蛇を追いかけたら、毒を身体中に回してしまうようなものだ。すぐに毒を取り除くほうがよほど大切なのだ。

November 1

11月2日

企業、自治体、家庭も含めてあらゆる組織が、主体的であることができる。どんな組織も、主体的な個人の創造力と知恵を結集し、主体的な組織文化を築ける。

組織だからといって、環境の変化に翻弄（ほんろう）される必要はない。組織としての率先力を発揮すれば、組織を構成する全員が価値観と目的を共有できるのだ。

11月3日

Ｗｉｎ－Ｌｏｓｅタイプの人とぶつかったときこそ、Ｗｉｎ－Ｗｉｎの本領が試される。Ｗｉｎ－Ｌｏｓｅのパラダイムで物事を考える人が相手でも、鍵となるのは人間関係である。

そのためにはまず、フォーカスするところは影響の輪の中である。

その人に礼を尽くし、敬意を払い、その人の意見を尊重することによって、信頼口座に預け入れをする。コミュニケーションの時間も長くとる。相手の話をよく聴き、深く理解しようと努める。そして自分の意見は勇気を持って述べる。相手の出方に反応してはいけない。自分の内面の奥底から、主体的であるための人格の強さを引き出すように努める。

お互いに満足できる解決策を真剣に探そうとしていることが相手に伝わるまで、信頼関係を築く努力を続ける。

このプロセスそのものが、信頼口座への大きな預け入れになるのだ。

11月4日

個人のミッション・ステートメントも、正しい原則を土台としていれば、その人にとって揺るぎない基準となる。

その人の憲法となり、人生の重要な決断を下すときの基礎となる。

変化の渦中にあっても、感情に流されずに日々の生活を営むよりどころとなる。それは、不変の強さを与えてくれるのだ。

11月5日

Win-Win実行協定を確立することがマネージャーのもっとも重要な仕事である。

実行協定ができていれば、スタッフはその取り決めの範囲内で自分の仕事を自分で管理できる。

マネージャーはカーレースのペースカーのようなもので、レースが動き出したら、自分はコースから外れる。その後は、路面に漏れ落ちたオイルをふき取るだけでいいのである。

11月6日

効率的なマネジメントは揃っているけれども効果的なリーダーシップのない状態は、ある人の言葉を借りれば「沈みゆくタイタニック号の甲板に椅子をきちんと並べるようなもの」である。

11月7日

人間は全能ではないのだから、本当に優先すべきことがすべて事前にわかるとは限らない。

どんなに吟味して一週間の計画を立てていても、正しい原則に照らしてみて、スケジュールを曲げてでも優先しなければならないさらに価値あることが発生することはある。

原則中心の生き方をしていれば、そのような突発的な事態になっても、心穏やかに、スケジュールを変更できるのである。

11月8日

相互依存のパラダイム

私たちは、無条件の愛という預け入れをするとき、人生のもっとも基本的な法則に従って生きることを相手に促している。別の言い方をすれば、何の見返りも求めず本心から無条件で愛することによって、相手は安心感を得、心が安定する。自分自身の本質的な価値、アイデンティティ、誠実さが肯定され、認められたと感じるのだ。

無条件の愛を受けることによって自然な成長が促され、人生の法則（協力・貢献・自制・誠実）に従って生き、自分の中に潜在する大きな可能性を発見し、それを発揮できるようになる。

11月9日

第4の習慣

「誠実」「成熟」「豊かさマインド」を高いレベルで備えた人格は、あらゆる人間関係において、個性主義のテクニックにはとうてい及ばない本物の力を発揮する。

11月10日

人間関係を築ければ、Ｗｉｎ－Ｗｉｎの中身を明確にし、そこに至るまでの道筋を示した協定を結ぶことができる。

業務契約や**パートナーシップ協定**などと呼ばれ、人間関係のパラダイムは、上下関係から対等な立場で成功を目指すパートナーシップの関係に変わる。

監督が歩きまわって目を光らせるのではなく、自分が自分のボスになり、自分を管理して行動するのである。

11月11日 ―――― 第1の習慣

私が本当に状況を良くしたいのであれば、自分が直接コントロールできること――自分自身――に働きかけるしかない。

妻（夫）を正そうとするのをやめて、自分の欠点を正す。最高の夫（妻）になり、無条件に妻（夫）を愛し、支えることだけを考える。

妻（夫）が私の主体的な力を感じとり、同じような反応を選んでくれればうれしいが、妻（夫）がそうしようとしまいと、状況を改善するもっとも効果的な手段は、自分自身に、自分が「ある」ことに働きかけることである。

11月12日

運動を継続することで得られる最大のメリットは、第1の習慣の主体的な筋肉も鍛えられることだろう。

運動を行うことを妨げるすべての要因に反応せずに、健康を大切にする価値観に基づいて行動すると、自信がつき、自分に対する評価や自尊心、誠実さが大きく変わっていくはずである。

11月13日

———第1の習慣

どんな状況に対しても自分で自分の反応を選び、その状況に影響を与えられる。

それは心強い事実である。

化学式の一部分を変えるだけで、まるで違う結果になるのと同じだ。

11月14日

第一の習慣

率先力を発揮するというのは、押しつけがましい態度をとるとか、自己中心的になるとか、強引に進めたりすることではない。進んで行動を起こす責任を自覚することである。

11月15日

人間や環境が原則を無視しているように見えても、原則はそうした人間や環境よりも大きなものであることをわかっていれば、そして人間の何千年もの歴史を通して原則が何度も勝利を収めていることを知れば、私たちは大きな安定を得られる。

もっと大切なのは、原則は私たち自身の人生と経験においても有効に働いていることを知れば、大きな安定を得ることができるのである。

11月16日

人生の中心に正しい原則を据えれば、人生を支える四つの要素を伸ばしていく堅固な土台ができる。

その事実がわかっていれば人生は安定する。ころころと変わる人やものに中心を置いた人生は、ぐらつきやすい。

原則中心の生き方から生まれる**知恵**と**指針**は、物事の現在、過去、未来を正しくとらえた地図に基づいている。

原則中心の生き方をする人の力は、個人の自覚の力、知識の力、主体性の力である。

この力は他者の態度や行動に制限されない。ほかの人たちなら力を抑え込まれるような状況であっても、影響を受けはしない。

11月17日

第Ⅱ領域のパラダイムを理解し、実践していくうちに、あなたの内面の奥深くから生まれる優先順位に従って毎週の計画を立て、実行できるようになり、言行が一致するようになる。

あなたはもう、自分の外にあるものの力に頼らずとも、自分の力で自分の人生を効果的にマネジメントできるようになる。

11月18日

人の話を深く聴けるようになると、とらえ方は人によって大きく異なることがわかってくる。

そしてその違いこそが、相互依存の状態において他者と力を合わせて何かをするときにポジティブな効果を与えることもわかってくる。

11月19日

無理強いしてはいけない。辛抱強く、相手を尊重する気持ちを忘れずに。

その人が口を開かなくとも、共感することはできる。

表情やしぐさを見ることによって相手に共感することができる。

その人の胸のうちを敏感に察してあげられれば、自分の経験談を話さずとも、寄り添うことはできるのだ。

11月20日

シナジーに関して、私は一つの確信を持つに至っている。それは、人間関係からシナジーを創り出すには、まず自分の中でシナジーを創り出さなければならないということだ。

そして自分の内面でシナジーを起こすことが実践できている人なら、心を開き、自分の脆(もろ)い部分をさらけ出すリスクを負っても、内面がぐらつくことはないし、Ｗｉｎ－Ｗｉｎを考える豊かさマインドを育て、信頼性を体現できるのである。

11月21日

問題は自分の外にあると考えるならば、その考えこそが問題である。

そのような考え方は、自分の外にあるものに支配されるのを許していることだ。だから、変化のパラダイムは「アウトサイド・イン」になる。自分が変わるためには、まず外にあるものが変わらなければならないと考えるのだ。

それに対して主体的な人の変化のパラダイムは、「インサイド・アウト」である。自分自身が変わる、自分の内面にあるものを変えることで、自分の外にあるものを良くしていくという考え方だ。

主体的な人は、もっと才能豊かに**なれる**、もっと勤勉に**なれる**、もっとクリエイティブに**なれる**、もっと人に対して協力的に**なれる**、というように考える。

11月22日

再び、インサイド・アウト

　自分が持っている脚本を見つめてみると、書き換える必要のない素晴らしい脚本もあることに気づくだろう。前の世代から引き継ぎ、特に意識することもなく当たり前のように受け止めてきた脚本の中には、私たちに良い影響を与えているものも少なくないのである。

　真の自覚とは、そのような脚本に感謝することである。原則中心の生き方を教え、今ある自分を育ててくれた先人たち、自分の将来の可能性を気づかせてくれた先人たちに感謝することなのだ。

11月23日

豊かさマインドを持っている人なら、相手のポジティブな部分を映し出してあげても何も損なうものはない。

それどころか、あなたの手助けによって本来の主体性が引き出された人と接する機会が増えるのだから、あなたにとってもプラスになるのである。

11月24日

場合によっては、心から笑って幸福であることがもっとも主体的な態度になる。

不幸になる選択ができるように、幸福な気持ちであることは主体的な選択である。

11月25日

インサイド・アウト

パラダイムと人格を切り離すことはできない。人間においては、**あり方**は**見方**に直結するのであり、**どう見るか**と**どうあるか**は強い相関関係で結ばれているからだ。

あり方を変えずに見方を変えることはできない。その逆もまたしかりだ。

11月26日

過ちを犯したときにどう反応するかが、次の機会に影響する。過ちをすぐに認めて正すことはとても大切なことであり、悪影響を残さず、より一層の力を得ることができるのである。

11月27日

たしかに、部屋の掃除はあなたのほうが子どもよりもうまいし、早くできる。しかし大切なのは、子どもが自分から部屋を掃除するようになることだ。

その力を引き出すには時間が要る。掃除の仕方を教えなければならない。しかしここでどんなに時間がかかっても、先々ではどれほど価値あることだろう！

長い目でみれば、非常に大きな助けになることだろう。

11月28日

相互依存のパラダイム

反抗は、頭で起こした問題ではなく心で起こした問題である。
心の問題を解決する鍵は、無条件の愛を預け入れ続けることである。

11月29日

これまでの一方的な評価のやり方では関係もぎくしゃくし、精神的な疲労も大きい。

Ｗｉｎ－Ｗｉｎのパラダイムでは、当事者全員で相談して決めおいた基準に従って自己評価する。基準を正しく設定しておきさえすれば、自己評価も正確にできる。

Ｗｉｎ－Ｗｉｎの考え方で仕事を任せる取り決めをすれば、七歳の少年でも、庭を「グリーン・アンド・クリーン（緑色できれい）」の状態に手入れできているかどうか、自分で評価できる。

11月30日

ゲーテは次のような言葉を残している。

「現在の姿を見て接すれば、人は現在のままだろう。人のあるべき姿を見て接すれば、あるべき姿に成長していくだろう」

12月1日

第6の習慣

あなたは他者との違いを尊重することができる。

誰かがあなたの意見に反対しても、「なるほど。君は違う見方をしているんだね」と言えるのだ。

相手の意見に迎合する必要はない。相手の意見を認め、理解しようとすることが大切なのである。

12月2日

主体的な人は心身の両面において自分の天気を持っている。

私たちは幸せであることができる。そして、自分にはコントロールできないことは受け入れ、直接的か間接的にコントロールできることに努力を傾けるのだ。

12月3日

私たち人間に本来備わっている性質は、周りの状況に自ら影響を与えることであって、ただ漫然と影響を受けることではない。

自分が置かれた状況に対する反応を選べるだけでなく、状況そのものを創造することもできるのだ。

12月4日

あなたが主体的に行動するほど（第1の習慣）、自分の人生を自分で導くパーソナル・リーダーシップ（第2の習慣）と自分を律するパーソナル・マネジメント（第3の習慣）の能力が向上する。パーソナル・マネジメントの能力が高まれば、第Ⅱ領域に属する再新再生の活動を実行できるようになる。

そして、まず相手を理解する努力をするほど（第5の習慣）、お互いの間にシナジーが創り出され、Ｗｉｎ－Ｗｉｎの結果を効果的に見いだせるようになる（第4、第6の習慣）。

自立に至る習慣（第1、第2、第3の習慣）のどれか一つでもしっかり身につけば、相互依存の関係を育む習慣（第4、第5、第6の習慣）を効果的に実践できるようになる。

そして再新再生（第7の習慣）は、ほかの六つの習慣すべてを再新再生させるプロセスなのである。

12月5日

刃を研ぐという第7の習慣は個人のPCである。

あなたの最大の資産、つまりあなた自身の価値を維持し高めていくための習慣である。あなたという人間をつくっている四つの側面（肉体、精神、知性、社会・情緒）の刃を研ぎ、再新再生させるための習慣である。

12月6日

第7の習慣

再新再生は、成長と変化を繰り返しながら、螺旋（らせん）階段を上るようにして自分自身を継続的に高めていく原則である。

12月7日

私たちの行動は、原則に支配されている。原則に沿って生きればポジティブな結果につながり、原則に反すればネガティブな結果になる。

私たちはどんな状況においても自分の反応を選択できるが、反応を選択することで、その結果も選択しているのである。「棒の端を持ち上げれば、反対側の端も持ち上がる」のである。

12月8日

再び、インサイド・アウト

私は原則を深く理解し、生活に取り入れるように必死に努力している。それは私の人生に意味を与え、人を愛する力、奉仕する力、挫折しても何度でも立ち上がる力を与えてくれる。

T・S・エリオットの言葉を紹介したい。私自身の発見と確信を見事に言い表していると思う。

「探究に終わりはない。すべての探究の最後は初めにいた場所に戻ることであり、その場所を初めて知ることである」

12月9日

Ｗｉｎ－Ｗｉｎは個性主義の表面的なテクニックではない。

人と人との関係を総合的にとらえるパラダイムである。このパラダイムは、誠実で成熟し、豊かさマインドを持った人格から生まれ、信頼に満ちた人間関係の中で育っていく。

それは、期待することを明確にし、効果的に管理する実行協定になり、Ｗｉｎ－Ｗｉｎを支えるシステムによってさらに力強いパラダイムになっていく。

そしてこのパラダイムは、共感によるコミュニケーションとシナジーのプロセスを経て完成するのである。

12月10日

共感して話を聴くのはたしかに時間がかかる。

しかし、相手に心理的な空気を送らず未解決の問題を抱えたまま、ずっと先に進んでから誤解を正したり、やり直したりすることに比べれば、たいした時間ではない。

12月11日

第5の習慣

周りの人たちへの理解が深まるにつれ、その人たちの人間的価値が見え、敬虔（けいけん）な気持ちを抱くようになる。他者を理解し、その人の魂に触れることは、神聖な場所に足を踏み入れるのと同じなのである。

12月12日

第7の習慣

精神的側面はあなたの核であり、中心であり、価値観を守り抜こうとする意志である。きわめて個人的な部分であり、生きていくうえで非常に大切なものである。

精神的側面の刃を研ぐことは、あなたを鼓舞し高揚させ、人間の普遍的真理にあなたを結びつけてくれる源泉を引き出す。

12月13日

信頼ほど人にやる気を起こさせるものはない。

信頼されていると思えば、人は自分の最高の力を発揮する。

だが、それには時間と忍耐が要る。信頼に応えられるレベルまで能力を引き上げる訓練も必要だ。

12月14日

「刃を研ぐ」ことは、自分の人生に対してできる最大の投資である。自分自身に投資することだ。

人生に立ち向かうとき、あるいは何かに貢献しようとするときに使える道具は、自分自身しかない。自分という道具に投資することが「刃を研ぐ」習慣なのである。

自分自身を道具にして成果を出し、効果的な人生を生きるためには、定期的に四つの側面すべての刃を研ぐ時間をつくらなければならない。

12月15日

パラダイムがあなたの態度と行動の源泉であることを思い出してほしい。パラダイムは眼鏡のようなもので、あなたがどんなパラダイムを持っているかによって、人生の見え方も違ってくる。

正しい原則を通して見るのと、原則以外のものを中心にしたパラダイムを通して見るのとでは、目の前に広がる人生はまるで違ったものになる。

12月16日

自分の効果性に責任を持つのは自分以外にはいない。幸せになるのも自分の責任である。

突き詰めて言えば、自分がどういう状況に置かれるかは、自分自身の責任なのである。

12月17日

第一の習慣

「主体的」という言葉から、押しつけがましく、強引で、もしくは無神経な態度をイメージする人もいるだろう。

しかしそれはまったく違う。主体的な人は押しつけがましくはない。

主体的な人は、賢く、価値観に従って行動し、現実を直視し、何が必要かを理解する。

12月18日

三〇日間、自分の主体性を試すテストに挑戦してみてほしい。
実際にやってみて、どういう結果になるか見るだけでいい。
小さな約束をして、それを守る。
裁く人ではなく、光を照らす人になる。
批判するのではなく、模範になる。
問題をつくり出すのではなく、自らが問題を解決する一助となる。

12月19日

信頼口座にたっぷり預け入れしてあれば、お互いに相手を信頼し、尊重しているから、相手がどんな人間か探る必要もないし、相手の性格や立場にとらわれず、すぐに目の前の問題そのものに意識を向けることができる。信頼し合っていれば、心を開ける。お互いに手の内をさらけ出せる。

私たちは、お互いの見方をきちんと理解し、力を合わせて別の答えを探そうとする。

どちらも満足でき、どちらにとってもより良い第3の案を見つけようという意志がある。

12月20日

第6の習慣

白か黒かの二者択一でしか物事を考えられない人にしてみれば、第3の案を探すのはそれこそ途方もないパラダイムシフトだろう。しかし、その結果の違いは驚くほどである。

12月21日

内面が安定していない人は、どんな現実でも自分のパラダイムに当てはめられると思っている。

自分の考え方の枠に他者を押しこめ、自分のクローンに改造しようとする。自分とは違うものの見方、考え方を知ることこそ人間関係がもたらす利点であるのに、その事実に気づかないのだ。

同一と一致は違うのである。本当の意味での一致というのは、補い合って一つにまとまることであって、同一になることではない。同一になることはクリエイティブではないし、つまらないものである。

自分と他者の違いに価値を置くことがシナジーの本質なのである。

12月22日

相互依存のパラダイム

信頼口座から引き出してしまったときには、心から謝らなければならない。誠心誠意の謝罪は、大きな預け入れになる。

「ぼくが悪かった」

「私の思いやりが足りなかったわ」

「失礼をお詫びします」

「あなたに対する配慮が欠けていました。本当に申し訳ありません」

12月23日

第4の習慣

思いやりを持ち、相手の気持ちを敏感に察することも大事だが、勇敢であることも求められるのである。

高いレベルの勇気と思いやりの両方が、Win－Winに不可欠なものである。

12月24日

人間の能力の四つの側面のうち、肉体、精神、知性の再新再生には時間がかかるが、社会・情緒的側面については、それほど時間をかけなくとも再新再生できる。

普段の生活で人と接する中で十分にできるからだ。

しかし、訓練は必要となる。他者との関係を築く第4、第5、第6の習慣を実行するために必要な私的成功のレベルを獲得し、さらに公的成功のスキルを身につけていなければならない。

12月25日

人間の能力の四つの側面（肉体的側面、精神的側面、知的側面、社会・情緒的側面）バランスのとれた再新再生そのものが、シナジーを創り出す。

四つの側面は密接な相関関係にあるから、どれか一つの側面の刃を研げば、ほかの側面に良い影響を与える。

肉体の健康は精神の健康に影響し、精神の強さは社会・情緒的な強さに影響する。

一つの側面の刃が鋭くなれば、ほかの三つの側面の刃も鋭くなる。

12月26日

螺旋(らせん)階段を確実かつ継続的に登っていくためには、再新再生に関するもう一つの側面について考える必要があり、それによって人は螺旋(らせん)階段を降りるのではなく、上へ上へと登っていけるのである。それは、良心である。

良心とは、心の声が聞こえる限り私たちが正しい原則に従っているかどうかを感じとり、正しい原則に近づかせてくれる持って生まれた才能なのだ。

スポーツ選手にとっては運動神経と肉体を鍛えることが不可欠であり、学者にとっては知力を鍛えることが不可欠であるように、真に主体的で非常に効果的な人間になるためには良心を鍛えなければならない。

しかし良心を鍛えるには、より高い集中力、バランスのとれた自制心が必要であり、良心に誠実であることを常に心がけなければならない。

精神を鼓舞するような書物を定期的に読み、崇高な思いを巡らせ、そして何より、小さく、か細い良心の声に従って生きなければならないのである。

12月27日 ―― 第一の習慣

主体的なアプローチは、間違いをすぐに認めて正し、そこから教訓を学ぶ。だから失敗が成功につながる。

ＩＢＭの創立者Ｔ・Ｊ・ワトソンはかつて、「成功は失敗の彼方にある」と語った。

12月28日

心の安定の源はどこにあるのだろうか。ほかの人たちにどう見られているかとか、自分がどんな扱いを受けるかというようなことから得られるのではない。周りの環境や自分の地位も心の安定を与えてはくれない。

心の安定は自分自身の内側から生まれる。頭と心に深く根づいた正確なパラダイムと正しい原則から生まれる。

心の奥深くにある価値観と一致する習慣を日々実践する誠実な生き方、内から外へ、インサイド・アウトの生き方から生まれるのである。

自分の価値観に誠実に生きることが、自尊心を呼び起こす源だと私は確信している。

12月29日

どんなに大きなプレッシャーにさらされても動じず、平静でいられる禅僧に、「どうしたらあなたのように平静心を保てるのですか？」と誰かが尋ねた。

禅僧は「私は座禅の場を離れない」と答えたという。

禅僧は朝早く座禅を組み、そのときの平静な精神を一日中、どこにいても頭と心の中に置いているのである。

12月30日

「戦争の勝敗は将軍の天幕の中で決まる」と言われる。

三つの側面――肉体、精神、知性――の刃を研ぐ努力を、私は「毎日の私的成功」と呼んでいる。

あなたの内面を磨く時間を毎日一時間とることを勧めたい。これから一生、毎日一時間でよいから、ぜひそうしてほしい。

一日のうちわずか一時間を自分の内面を磨くことに使うだけで、私的成功という大きな価値と結果が得られるのである。あなたが下すすべての決断、あらゆる人間関係に影響を与えるだろう。一日の残り二三時間の質と効果が向上する。睡眠の質までよくなり、ぐっすりと眠って肉体を休ませられる。

長期的に肉体、精神、知性を日々鍛え、強くし、人生の難局に立ち向かい乗り越えられるようになるのだ。

12月31日 ―― 再び、インサイド・アウト

人間である以上、完全無欠な存在にはなれない。正しい原則に従って生きる努力をするほどに、人間は天賦の才を発揮でき、この世に授かった命を余すところなく生きられるのである。

イエズス会士のテイヤール・ド・シャルダンはこのように言っている。

「我々は、霊的体験をしている人間ではない。人間的体験をしている霊なのである」

著者紹介　スティーブン・R・コヴィー

自分の運命を自分で切り拓くための奥深いアドバイスをわかりやすく教えることに生涯を捧げ、『タイム』誌が選ぶ世界でもっとも影響力のあるアメリカ人25人の一人に選ばれている。国際的に高く評価されるリーダーシップ論の権威、家族問題のエキスパート、教育者、組織コンサルタントとして活躍した。著書『7つの習慣』は全世界で販売部数4,000万部を超え（44カ国語に翻訳）、20世紀にもっとも影響を与えたビジネス書の1位に輝いている。他にも、『原則中心リーダーシップ』『7つの習慣 最優先事項』『第8の習慣』『子どもたちに「7つの習慣」を』『第3の案』などベストセラー多数。フランクリン・コヴィー社の共同創設者。ユタ州立大学商経学部終身教授、リーダーシップ学において同大学の名誉職ジョン・M・ハンツマン・プレジデンシャル・チェアに就く。妻、家族とともに米国ユタ州で暮らした。

https://www.franklincovey.com/stephenrcovey.html

訳者紹介　フランクリン・コヴィー・ジャパン

フランクリン・コヴィー・ジャパンは、『完訳7つの習慣　人格主義の回復』の翻訳のほか、戦略実行、顧客ロイヤリティ、リーダーシップ、個人の効果性の分野において、コンサルティングおよびトレーニング・サービスを個人や法人に提供している。

フランクリン・コヴィー社は、世界46都市に展開するオフィスを通して、147ヵ国でプロフェッショナル・サービスを提供している。米国では顧客に『フォーチュン』誌が指定する最優良企業上位100社のうち90社、同じく500社の4分の3以上が名を連ねるほか、多数の中小企業や政府機関、教育機関も含まれている。

https://www.franklincovey.co.jp

キングベアー出版について

キングベアー出版は『The 7Habits of Highly Effective People』を日本に紹介するために1992年に立ち上げた出版ブランドである。2013年に『完訳7つの習慣 人格主義の回復』として出版した。

現在、キングベアー出版は、『7つの習慣』の著者であるスティーブン・R・コヴィー博士が創設した米国フランクリン・コヴィー社との独占契約により、コヴィー博士の著作である『第8の習慣』『原則中心リーダーシップ』『7つの習慣 最優先事項』や、フランクリン・コヴィー社のコンテンツである『実行の4つの規律』『5つの選択』などを出版している。

キングベアー出版は『7つの習慣』を核にして、その関連コンテンツ、さらに、リーダーシップ、組織、ビジネス、自己啓発、生き方、教育といったジャンルの、海外の優れた著作物に限定して翻訳し、「変革を目指す組織」や「より良い人生を送りたいと考える個人」を対象に出版している。

キングベアー出版の事業会社である株式会社FCEパブリッシングはFCEグループの一員である。

http://fce-publishing.co.jp

FCEグループについて

"働く"と"学ぶ"が抱える問題をビジネスで解決し続ける企業家集団。

「ビジネスパーソンが自分自身の強みを発揮して、イキイキと働く世界の実現」「未来を担う子どもたちが、人生を自ら切り拓く力を身につける」というテーマに向かって、子どもたちから社会人まで、幅広く人財育成・教育領域でのビジネスを展開している。

事業内容は、国内1,300社が受講する管理職向け「7つの習慣® Business Ownership」研修と若手向け「7つの習慣® Next Leader」研修、実践を通して目標達成力を身に付けるトレーニング研修「xDrive」、全国500教室、2万人の子どもたちが受講するセルフリーダーシップ育成プログラム「7つの習慣J®」などを展開。その他、人材育成・研修事業、教育事業、RPA事業、外食事業など、幅広く展開している。

http://www.fce-group.jp

7つの習慣
デイリー・リフレクションズ [新装版]
日々「7つの習慣」に生きる

＊本書籍は、2016 年版の内容のまま、新装版として刊行いたしました。

2016 年 7 月 26 日　初版第一刷発行
2023 年 8 月 31 日　新装版発行

著　者　スティーブン・R・コヴィー
訳　者　フランクリン・コヴィー・ジャパン株式会社
発行者　石川淳悦
発行所　株式会社 FCE パブリッシング
キングベアー出版
〒 163-0810
東京都新宿区西新宿 2-4-1 新宿 NS ビル 10 階
Tel : 03-3264-7403
URL : http://fce-publishing.co.jp
印刷・製本　大日本印刷株式会社

ISBN 978-4-86394-110-6

鉄筆文庫創刊の辞

喉元過ぎれば熱さを忘れる……この国では、戦禍も災害も、そして多くの災厄も、時と共にその「熱さ」は忘れ去られてしまうかの様相です。しかし、第二次世界大戦での敗北がもたらした教訓や、先の東日本大震災と福島第一原発事故という現実が今なお放ちつづける「熱さ」を、おいそれと忘れるわけにはいきません。

先人たちが文庫創刊に際して記した言葉を読むと、戦前戦後の出版文化の有り様への反省が述べられていることに共感します。大切な「何か」を忘れないために、出版人としてなすべきことは何かと真剣に考え、導き出した決意がそこに表明されているからです。

「第二次世界大戦の敗北は、軍事力の敗北であった以上に、私たちの若い文化力の敗退であった。私たちの文化が戦争に対して如何に無力であり、単なるあだ花に過ぎなかったかを、私たちは身を以て体験し痛感した。」（角川文庫発刊に際して　角川源義）

これは一例ですが、先人たちのこうした現状認識を、いまこそ改めてわれわれは嚙みしめねばならないのではないでしょうか。

現存する文庫レーベルのなかで最年長は「新潮文庫」で、創刊は一九一四年。それから一世紀が過ぎた現在では、80を超える出版社から200近い文庫レーベルが刊行されています。そんな状況下での「鉄筆文庫」の創刊は、小さな帆船で大海に漕ぎ出すようなもの。ですが、「鉄筆文庫」は、先人にも負けない気概をもってこの大事業に挑みます。

鉄筆の社是は、「魂に背く出版はしない」です。私にとって第二の故郷でもある福島の地で起きた原発事故という大災厄が、私を先人たちの魂に近づけたのは間違いありません。この社是は、たとえ肉体や心が消滅しても、残る魂に背くような出版は決してしないぞという覚悟から掲げました。ですから、「鉄筆文庫」の活動は、今100万部売れる本作りではなく、100年後も読まれる本の出版を目指します。前途洋洋とは言いがたい航海のスタートではありますが、読者の皆さんには、どうか末永くお付き合いくださいますよう、お願い申し上げます。

二〇一四年七月　　渡辺浩章

快　挙
白石一文
鉄筆文庫 011

快（かい）　挙（きょ）

著者　白石一文（しらいしかずふみ）

2024年5月21日　初版第1刷発行

発行者　株式会社鉄筆
〒112-0013　東京都文京区音羽1-15-15
電話　03-6912-0864
表紙画　井上よう子「希望の光」
印刷・製本　近代美術株式会社

落丁・乱丁本は株式会社鉄筆にお送りください。
送料は小社負担でお取り替えいたします。
定価はカバーに明記してあります。

ISBN 978-4-907580-27-8　Printed in Japan